반짝이는 나의 계절

KB213960

반짝이는
나의 계절

1판 1쇄 발행 2025.05.31
지은이 벌뉘
편집 | 디자인 고애라
발행처 문장과장면들 (979-11) 966454
등록 2019년 02월 21일 (제25100-2019-000005호)
팩스 0504) 314-0120
이메일 sentenceandscenes@gmail.com
인스타그램 instagram.com/sentenceandscenes

출판사 문장과장면들의 하위 브랜드 [**빛그물**] 의 도서입니다.
언어의 바다에서 빛의 문장을 건져올립니다.

반짝이는
나의 계절

별뉘 에세이

파도의 물결처럼 몰아치는 불행 앞에

마모되는 조약돌처럼 휩쓸리고 깎이고

싶지 않은 절박한 마음으로 쓰기 시작했다.

어둠은 쓸수록 희미해져 삶은 반짝이기 시작했다.

돌아보면 지난 그늘마저도 찬란한 계절이었다.

차례

반짝이는 나의 계절

삶을 가꾸는 용기

별뉘 님,

글을 쓰는 원동력이 무엇인가요?

가끔 이런 질문을 받습니다. 뒤돌아보면 저의 삶은 매 순간 즉석 복권을 긁는 마음처럼 순간의 간절함과 망각을 반복하면서 살아왔던 것 같습니다. 소복이 내리는 눈처럼 간절함이 삶에 내려앉아 순간 진저리 치도록 뜨거웠고 아팠습니다. 상처 위에 상처를 덧내며 무뎌진 칼날로 앞만 보고 달려온 시간이라고 생각합니다. 경주마처럼 뒤돌아볼 줄 모르고 앞만 보고 달려온 세월처럼요.

꿈이란 것이 저에게 있었는지, 제가 무엇을 좋아하는지, 저는 어떤 방향으로 삶을 살고 싶은지 생각할 겨를도 없이 결승선을 앞둔 경주마처럼 뛰었습니다. 그렇게 달리다 보니 몸과 마음이 고장 나서 더 이상 아무것도 할 수가 없게 되었고 죽음이란 문턱을 넘고 사랑하는 가족을 보내고 난 뒤에야 삶이라는 것이 어떤 것인지 미묘하게 느껴지기 시작한 미성숙한 사람이 저라는 사람입니다.

수많은 사람들 틈에서 저답게 살아가고 저만의 속도로 걷는다는 것이 어떤 것인지 죽음을 통해 배운 어리석은 인간이 저였습니다. 막막함 속에서 마주한 성찰을 통해 비로소 세상의 틀에 얽매이지 않고 제 안의 목소리를 따라 진정한 나를 찾아가는 여정이 곧 삶이라는 생각이 들었습니다.

익숙한 절망과 불안이 매번 손님처럼 찾아올 때마다 저는 손목에 검지와 중지를 조용히 얹어 봅니다.

힘차게 뛰고 있는 생명력.
여전히 뛰고 있구나.
여전히 이렇게 꿈틀대면 살아 있구나.

저의 의지로 태어나지는 못했지만, 마지막 순간까지 저의 의지로 선택하고 살아보고 싶은 열망, 혹은 희망이 마음속에서 반짝거렸습니다. 파도처럼 밀려오는 불행 앞에 조약돌처럼 휩쓸리고 깎이고 싶지 않은 절박한 마음이 반짝이고 있었습니다.

시들지 않은 언어로 글을 쓰고 싶다는 간절함만 있을 뿐 여전히 저는 미숙한 상태로 글을 쓰는 사람이지만 제 안의 사람들과 인생을 글로 옮겨 많은 분들에게 이야기 하고 싶었습니다. 유명 작가님들처럼 잘 쓴 글은 아니어도 쓰는 내내 행복했고 먹먹했으며, 그 어떠한 시간보다 살아있음을 감각하는 시간이었습니다. 그 무엇보다 마침표를 찍었다는 사실이 쓰는 마음을 위로해 주었습니다.

캄캄한 어둠 속에서 길을 찾아가야 하는 고독감과 두려움이 동반된 삶이라 생각했지만, 저만의 사람들이 반짝이는 별처럼 저를 환히 비추어 주고 있음을 깨달았습니다. 저의 손을 잡고 어둠에서 밝음으로 한 발짝 이끌어 주고 있음을 알았습니다. 결국 제가 글을 쓸 수 있었던 원동력은 제 곁에 있는 무해한 사람들이었습니다.

슬픔의 무게를 가슴에 품고도, 그 속에서 생겨나는 삶의 의지를 안고 나아갈 수 있게 해준 나의 사람들에게 진심으로 고마움을 전하고 싶었습니다. 형체는 없지만 분명 존재하며 느낄 수 있는 마음! 소소한 일상에서 서로의 마음을 주고받으며 살아가고 싶습니다.

힘든 순간마다 저에게 희망이라는 마법을 걸어준 남편, 무조건적인 응원을 보내주는 딸들, 보살핌을 가르쳐준 하루, 그리고 가족들, 친구, 지인들. 동네 책방, 무해한 모든 사람들에게… 감사를 표합니다. 사랑하는 사람을 가슴속에 품은 이들은 한세상이 닫히는 아픔을, 상실 뒤에 밀려오는 스산한 먹먹함을 알거라 짐작합니다. 그들의 몫까지 반짝반짝 빛나는 삶을 살도록 노력해야 한다는 것을요. 그것이 그들이 보내준 끝없는 사랑의 보답이라는 것을요.

삶이란 시간에 마침표를 찍는 순간까지 저를 일으켜 세워 한 걸음 앞으로 나아갈 수 있는 용기를 심어준 저의 엄마에게 이 글을 전하고 싶습니다. 저는 여전히 엄마의 소원대로 마음을 반짝거리게 하는 것들로 용기 있게 생을 가득 채우면서 살아가겠노라고요….

2025년 봄, 볕뉘

지나온 걸음들

나의 그늘과 다정이 남긴 발자국들

나를 숨 쉬게 하는 것

"암입니다."

눈을 감으면…
영화의 한 장면처럼 각인된 장면들이 있다.
의사 선생님과 대화는 꼭 영화의 한 장면 같았다.
수십 번을 되돌려도 같은 장면만 반복되는 영상.

6월의 햇살이 한여름 햇살만큼 너무 뜨거운 아침. 후덥지근한 바람이 몸을 휘감고 길가에 푸른 나무 그늘이 마치 사막에 신기루처럼 반갑게 느껴지는 아침이다. 날씨 예보를 보니 무척 더울 거라는 소식에 여름이 제멋대로 성큼 다가온 기분이다. 올해 여름도 무척 덥고 장마가 길 거라는 기상예보가 연일 나오고 있다. 신발장 문을 열고 오늘은 어떤 신발을 신고 갈지 고민하는데 살짝 굽이 높은 슬리퍼가 눈에 들어온다. 올해 처음 신는 슬리퍼. 몸이 무거우니 신발이라도 가벼운 걸 신어볼까 하는 마음으로 슬리퍼를 신고 신나게 걸어가는 나.

저기 멀리 남편의 자동차가 보인다. 매일 보는 자동차가 뭐가 그리 반가웠는지 허겁지겁 걷다가 그만 아차 하는 순간 발을 삐끗해 살짝 넘어지고 말았다. 사고는 정말 한순간에 일어난다는 말이 맞나 보다. 넘어지는 순간 아픈 것도 잠시, 누가 볼까 창피함에 슈퍼우먼처럼 벌떡 일어나 먼지를 툭툭 털고 아무 일도 일어나지 않은 사람처럼 얼른 자동차 안으로 들어가 문을 닫았다. 그제야 여기저기 아픔이 몰려온다. 놀란 남편은 왜 그러냐? 다친 데는 없냐? 나보다 더 호들갑을 떤다. 아프다고 말하고 싶어도 남편이 걱정스러워할까 싶어 괜찮다며 출근을 서둘렀다. 남편이 하루의 시작을 걱정과 함께 시작하게 하고 싶지 않은 작은 배려다.

사무실에 도착해 미팅 후 공원에 앉아서 커피 한 잔 마시면서 무릎을 보니 까진 자리에 피가 송골송골 맺혀 있다. 나도 모르게 피식 웃음이 나왔다. 아이고, 이놈에 망신살! 뭐가 그리 급하다고 바삐 걸었는지 다른 사람이 보았더라면 얼마나 웃었을까? 덩치가 곰만 한 아줌마가 높은 신발로 뒤뚱뒤뚱 걷다가 쿵! 아, 시간을 되돌리고 싶은 순간이다. 하필이면 왜 오늘 높은 슬리퍼를 신었을까? 하필이면 왜 매일 신던 신발이 아닌 다른 신발을 신고 싶었을까? 일어날 일은 정말 꼭 일어나고 마는 걸까? 모였다가 흩어지는 모래알처럼 정해진 운명이란 굴레가 정말 있는 걸까? 넘어진 일 하나를 가지고 여러 생각을 하는 아침이었다.

그 순간, 문득 5년 전 이 자리에 앉아 있는 나의 모습이 스쳐 지나갔다. 공원에서 아이들은 비눗방울 놀이하고 있고 잿빛 하늘은 금방이라도 첫눈을 쏟아낼 기세의 어느 초겨울 아침이었다. 푸르던 나뭇잎은 어느새 풋풋함의 자취를 감춘 채 하늘은 온통 먹구름이었다. 잿빛 하늘에 비친 비눗방울은 꼭 무지개의 빛깔 같았다. 형형색색 일곱 가지 색깔이 손에 잡힐 듯 말 듯 둥실둥실 떠다니고 있고 아이들은 여기저기 뛰어다니느라 정신이 없었다.

아이들은 자신이 분 비눗방울이 제일 멀리 가길 바라는 마음으로 시합하듯, 연실 불어 대고 쫓아다니고 있다. 비눗방울이 터지거나 사라져도 연신 까르르 웃는 천진난만한 모습에 화가 치밀어 올랐다. 뭐가 그리 좋다고, 뭐가 그리 신난다고. 아이들의 웃음소리까지 거추장스럽게 느껴졌다.

내게도 저런 시절이 있었을까?
누군가에 한없이 사랑스러웠던 딸의 모습이….

엄마 아빠 사랑이 전부였던 시절이 있었을 텐데 그 시절이 너무 아득하게만 느껴져 울컥해졌다. 그 순간 손등에 눈물이 뚝 떨어졌다. 얼른 다른 사람들이 볼까 봐 눈물을 감춘다. 하지만 한 번 터진 눈물은 쉽사리 그칠지 모른다. 빗물처럼 뚝뚝 떨어진다. 미친 사람처럼 오열하듯 엉엉 운다. 그러다 어이없게도 또 웃음이 나온다. 울음과 웃음을 토해낸 그 순간 공원에 있는 사람들 전부 나에게 시선을 돌린다. 변화무쌍하고 불안정한 시간이었다.

무엇이 서러운 걸까, 무엇이 속상한 걸까.

서럽다는 감정은 맞는 것일까. 창피함도 없었다. 그런 것은 하나도 중요하지 않았다. 병원에서 암을 진단받고 다리에 힘이 풀려 공원에 앉아 있는 나의 모습이 처량하기만 했다.

"선생님 혹시 오진일 확률은 없을까요?"

"이 병원에서 수술할지 다른 병원에서 수술할지 결정만 하시면 될 듯싶습니다. 하루라도 빨리 입원하셔서 조직 검사 및 전이 검사를 해야 하는데 보호자는 오셨나요?"

"아니요…. 제가 암일 거라고는 상상도 못 했거든요."

당장 입원하라는 의사 선생님 말씀을 뒤로 며칠 시간을 달라고 했다. 나에게도 생각할 시간이 필요하다고….

계속 맴도는 선생님 말씀.

"암입니다. 암입니다. 암입니다. 암입니다…."

내가 왜? 내가 왜?

눈을 감으면 영화의 한 장면처럼 각인된 장면들이 있다. 의사 선생님과 대화는 꼭 영화의 한 장면 같았다. 수십 번을 되돌려도 같은 장면만 반복되는 영상들.

한마디로 설명할 수는 없지만 기억으로 소환되는 말들은 토막 난 생선의 눈처럼 나의 마음을 텅 비게 한다. 살면서 도대체 무엇을 잘못했을까? 하라는 운동은 하지 않고 간편식만 먹어 대서 그런가? 나로 인해 상처받은 사람이 있어서 나를 저주한 걸까? 가족 마음을 아프게 해서 벌을 받나? 먹고살기 바빠 돈만 좇느라 물욕이 강한 나에게 하늘이 벌을 내리는 건가…….

자책하고 원망하고, 내가 그렇게 밉고 싫었던 순간, 자기혐오에 감정들이 물밀듯이 밀려왔다. 가족들에게 어떻게 말해야 할까. 나 죽을지도 몰라 암 이래…. 이 말을 어떻게 해야 할까.

세포 하나하나에 가시가 꽂힌 것처럼 날카롭게 아팠다. 온몸에 힘이 빠졌다 들어갔다 감정은 널뛰기를 했다. 롤러코스터를 타듯 위아래로 공중회전을 했다. 이 세상에 나란 존재가 하염없이 작고 초라하게 느껴져 누구한테든 화풀이해야 할 것만 같았다.

신이란 신을 전부 부여잡고 살게 해달라고, 제발 시간을 더 달라고 살고 싶다고 애원하고 싶었다. 살려만 주신다면 다르게 살겠다고 살아보겠다고 제발 시간을 더 달라고, 아이들 가정을 꾸려 사는 모습까지만 보게 해달라고… 아니, 엄마 가시는 순간까지만 보게 해달라고 애원하였다. 내 생에 행운이라는 것이 남아 있다면 모두 당겨 쓰더라도 괜찮으니 살 수 있게 해달라고 믿지 않은 신에게 빌었다.

한 가지 생각으로 백 가지 만 가지 감정을 느끼고 자책하며 생각에 꼬리를 물고 아팠던 시간.

죽음이란 단어는 더 오랜 시간이 흐른 후에 나이 들어 어쩔 수 없이 주어지는 숙명 같은 거라고 생각하며 살아왔다. 이렇게 어느 날 아무 예고 없이 닥치는 날벼락 같은 것이라고는 상상도 못 했다. 나란 존재의 부재로 가족들이 겪을 상실이나 슬픔을 생각하니 공포가 파도처럼 밀려와 나를 삼켜버렸다.

내 병의 무게가 나조차 힘들어서 나밖에 안 보였던 그 시간, 유일하게 나만 생각했던 시절에는 가족의 아픔을 헤아릴 여유가 없었다. 갑자기 닥친 아픔의 무게가 너무 커 나의 비명만 들었지, 가족과 친구들의 아픔은 헤아릴 여유가 없었다.

어느덧 시간과 공간을 건너 5년의 세월이 지나갔다. 아무것도 들어주지 않을 것 같던 신이 나의 처절함을 들었을까? 나는 전이 없이 수술을 잘 마쳤고 지금 사랑하는 가족들, 이웃들과 행복한 시간을 보내면서 살아가고 있다.

5년 전 그날의 그 벤치에 앉아 듣는 아이들의 웃는 소리에 미소가 절로 지어지는 오늘, 따가운 햇살에도 감사함을 느낀다. 푸른 나뭇잎의 냄새를 맡으며 간간이 불어오는 바람에 몸을 맡긴다. 이 계절의 아름다움을 온몸으로 느끼고 있다.

병상에 누워 있는 환자들은 밖에서 걸을 수 있는 에너지만 있어도 감사하고 호흡기를 찬 환자들은 편안하게 숨만 쉬어도 감사함을 느낀다. 내가 먼저 가족 품을 떠나게 될 것이라는 생각은 한 번도 해본 적이 없었다. 다만 수술 후 일상은 전과 같지는 않았다. 회복의 과정에서도 아픔과 상실은 뒤따라왔고 시간은 흘러갔다.

가족, 친구, 이웃이란 이름만으로 그들은 나의 아픔을 고스란히 함께 짊어지고 감내했다. 슬픔 속에 허우적거리는 나를 위해 함께 울어 주었다. 그제야 나의 사람들이 보이기 시작했다. 제대로 된 끼니도 챙겨 먹지 못하면서 나의 식사부터 걱정하는 가족들, 다정한 안부를 물어주던 나의 이웃들. 문 앞에 내가 좋아하는 제철 음식을 전달해 주던 나의 사람들….

결국, 나를 살린 것은 나 자신의 운명과 의지가 아니라 무해한 나의 사람들이었다.

살다 보면 어쩔 수 없이 다가오는 것들이 있다. 내 의지와 상관없이 어느 날 불쑥 내 삶에 뛰어드는 모든 문제 앞에서 나는 운명이 아니라 나의 사람들을 믿기로 했다. 이들과 함께 날마다 죽음을 향해 달려가고 있지만 나는 어느 때보다 살아 있다는 걸 느끼며 사는 중이다. 모든 사람은 언젠가 죽는다. 다가올 죽음 때문에 현재를 낭비하면 살고 싶지 않다. 불안한 마음보다는 소중한 지금의 마음에 집중하고픈 열망이 커졌다. 얼음이 차갑다 녹기를 반복하면서 단단해지듯 나는 확실히 5년 전 그날의 나보다 훨씬 더 단단해졌다.

겁쟁이처럼 잔뜩 힘을 쥔 채 살기보다는 엉뚱

하게 넘어져도 웃으며 살고 싶다. 여전히 작은 균열이 삶을 집어삼킬 것 같은 순간도 있지만 나의 사람들이 곁에 함께 한다는 것을 믿기에 오늘도 숨을 쉬고 웃을 수 있다.

5년이라는 시간은 나에게 버티는 시간만은 아니었다. 주어진 생을 잘 살아가자는 생각을 가질 수 있었고 사람들과 나눌 수 있게 한 시간이었다. 내가 이 세상에 존재하는 이유는 나의 사람들과 나의 길을 묵묵히 갈 때 비로소 발견할 수 있다고 생각한다. 거창한 성공이나 꼭 무엇이 되지 않아도 평범한 날들을 곁의 사람들과 잘 지내는 것만으로도 이 한 세상 잘 살고 있다고 말할 줄 아는 지혜까지 얻었다.

나는 매일 손톱만큼 나아지고 있다.
나의 삶은 여전히 ing 이다.
나의 이야기는 이제 막 시작되는 중이다.

만약, 세상에서 가장 슬픈 말

만약…, 시간을 되돌릴 수만 있다면
너에게 꼭 해주고 싶은 말이 있어.
자전거를 가르쳐 주며 내게 했던 말들을
꼭 돌려주고 싶어.

[만약]
혹시 있을지도 모르는 뜻밖의 경우

모든 처음은 그 자체로 의미가 있다. 첫사랑, 첫 영화. 첫 우정…….

처음은 시간에 봉인된 기억처럼 뇌리에서 떠나지 않는 무언가를 품고 있다. 저 깊숙한 심연의 마지막 층에서 올라오지 못한 채 어딘가를 맴돌고 있는 그 무엇 하나.

내게 그 무언가는 여전히 불러보고 싶은 이름 석 자. 넌 여전히 아무것도 아닌 일에 까르르 웃으며 지내고 있을까. 여전히 떡볶이를 좋아하니? 무언가 마실 때는 여전히 새끼손가락을 세우니? 지치고 힘이 들 때면 여전히 자전거 바퀴를 구르며 바람을 느끼니? 보고 싶다. 친구야.

까슬까슬한 햇살이 뺨을 간지럽히던 고등학교 시절, 너와 함께 공원에 나섰다. 어려서부터 자전거로 통학하던 너의 모습이 어찌나 자유롭고 행복해 보이던지. 자전거를 배우고 싶다고 떼를 쓰다시피 하여 마련한 시간에 휘청거리는 내 두 발을 붙잡아주던 너의 선한 미소가 생각난다. 자전거 안장에 앉아 허공에 헛발질하던 나는 네가 손을 놓는 순간마다 균형을 잃고 쓰러지곤 했다.

"손 놓지 마, 자전거 잡고 있지?"

너에게 꽉 잡고 있으라고 말했지만, 나는 매번 넘어져 흙 묻은 무릎을 쓸며 일어나야만 했지. 기필코 자전거를 타고야 말겠다는 나의 의지는 수없이 몸을 넘어뜨리고 일어나기를 반복하게 했다. 너는 넘어지는 나를 일으켜 세우며 말했다.

"괜찮아, 넘어져도 다시 일어서면 돼. 넘어지

는 거 무서워하면 자전거 못 타.”

그때 너의 말이 마치 넘어진 나를 다시 일으켜 세우는 힘찬 바람 같았어. 처음에는 두 발이 헛돌았지만 겁에 질린 마음을 다잡고 다시 페달을 밟을 때 조금씩 앞으로 나아갈 수 있었어. 헛발질이 차츰 잦아들고 페달에 적응이 되자 비로소 진정한 자유의 바람을 느꼈다. 바람 냄새가 마치 달큼한 솜사탕처럼 느껴져서 미지의 세계로 이끌려 가는 것만 같았던 너와 나의 시간들.

자전거를 타고 마을을 한 바퀴 돌았을 때의 기쁨은 이루 말할 수가 없었다. 스스로 두 발로 세상을 향해 나아가고 있다는 벅찬 감동에 너 몰래 소매 끝으로 떨어지는 눈물 몇 방울을 훔쳤어.

그날 이후로 너와 나는 종종 나란히 자전거를 타면서 이야기꽃을 피웠지.

불확실한 미래, 알 수 없는 희망, 스산한 가족

이야기…….

길가에 핀 이름 모를 들꽃들을 바라보고 청량
하게 흐르던 시냇물 소리에 귀 기울이며, 황금빛
들판과 노을에 눈시울이 붉어진 나의 손에 살며
시 두 손을 포개며 따스함을 전하던 순수한 시절.

너는 모든 사물을 따스한 눈으로 바라보는 아
이였어. 비 맞고 떨고 있던 길가의 어린 고양이를
제 가슴에 품을 줄 알고 길 잃은 어르신들의 집을
끝끝내 찾아내던 너. 너는 세상을 바라보는 시선
자체가 나와는 달리 따뜻한 아이였어.

햇살이 쏟아지던 교실 창가에 기대어 앉아 너
와 함께 나누었던 이야기들이 아직도 선명하게
기억나. 까르르 웃음소리와 함께 울려 퍼지던 우
리들의 수다는 지루한 수업 시간조차 흥미진진한
드라마로 만들어 주곤 했지. 점심시간이면 운동
장 벤치에 나란히 앉아 도시락을 나눠 먹으며 꿈
을 이야기하던 우리는 마치 세상을 다 알고 있는

듯이 당찼다. 먼 미래에 대한 기대와 설렘으로 가슴이 벅찼고 함께라면 어떤 어려움도 이겨낼 수 있을 것만 같았어.

뒤돌아 생각해 보면 세상에서 가장 행복했던 시절이었어. 서로가 서로에게 물들었던 계절.

그러던 네가 어느 날부터 학교에 나오지 않았다. 다들 너의 안부를 궁금해했지만 그날의 모든 기억을 가슴속에 묻어버린 나는 달리 해줄 수 있는 말이 없었어. 나에겐 여전히 이해하기 어려운 너의 종교적 신념은 오늘날까지도 내가 신을 믿지 않은 이유이기도 해.

더 시간이 흐른 후에 네가 세상을 떠났다는 소식을 전해 들었어. 나는 그날의 모든 감각을 기억해. 눈 부신 햇살과 맑은 하늘 아래에서 달콤한 아이스크림을 먹고 있었고 거리에는 평화로워 보이는 사람들로 가득했어. 세상은 아무 일 없듯 돌아가고 그 가운데 나만 멈춰 있었어.

너의 모습이 아른거렸다. 햇살처럼 밝게 웃던 모습, 따스한 눈빛으로 나를 보던 모습, 장난기 넘치던 목소리… 잡았던 내 손을 뿌리쳤던 냉정한 손까지. 아련한 네 모습이 뼛속까지 스며들어서 숨이 턱턱 막혔어.

찬란할 정도로 평화로워 보이는 사람들 속에서 나는 홀로 웅크리고 앉아 눈물을 쏟았다. 뜨거운 용암이 혈관을 타고 흐르는 듯했어.

손 쓸 틈도 없이 봇물이 터지듯 쏟아져 흐르는 눈물. 쿵-하고 내려앉은 마음….

지나가던 사람들이 괜찮냐고 걱정하며 내게 다가오던 장면들. 세상은 온통 이렇게 다정한데 나는 왜 너에게 다정하지 못하였을까? 나는 왜 따스한 너의 손을 조금 더 잡아주지 못했을까?

너의 부고를 듣고 처음 들었던 생각은, 너무 흔하고 무책임한 말일 테지만 미안함이었어. 너와 나의 믿음이 다를지언정 끝까지 곁에 있어야 했는데 단절과 절교가 아닌 끝까지 너의 손을 놓지 말았어야 했다는 생각이 사무쳤어. 너를 한 번 더 붙들어야 했고 설득해야 했고 너의 아픔을 이해해야 했다. 꼴좋다. 내 말이 맞지? 라던 세상과 같은 눈으로 너를 바라보지 말았어야 했다….

너한테 다시 살아갈 용기를 주었어야 했어. 이 모든 게 내게 후회와 죄책감이 되었어. 날카로운 아픔이 발끝에서부터 심장까지 파고들어 나의 온몸을 찢어놓는 듯했다.

너는 나에게 긴 시간 용기를 주었는데 나의 미숙한 우정은 너의 죽음을 방관하였어. 방관자. 진정 너를 친구라 생각하였다면 시궁창에 함께 뒹굴지언정 손을 잡고 있어야만 했었다.

죽음이 한 생의 문이 닫히는 거라면 난 너의 닫힌 문으로 내 세상을 열었다. 네가 이루지 못한 꿈들을 향해 한 걸음 내디뎠지.

만약 시간을 되돌릴 수만 있다면 너에게 꼭 해주고 싶은 말이 있어. 자전거를 가르쳐 주며 네가 내게 했던 말들을 꼭 돌려주고 싶어.

네 두 손을 잡아주며 하지 못했던 것이 너무나 후회스러워 많은 날 괴로워하며 머금고 있던 말. 끝내 봉인된 말. 전할 수 없을 말들을 만일이라는 세상에서만큼은 전할 수 있다면 꼭 이렇게 말해주고 싶다.

"괜찮아, 넘어져도 다시 일어서면 돼.
넘어지는 거 무서워하지 마!
아무것도 아니야. 살아만 있다면…,
살아만 있다면 모든 것을 바꿀 수 있어.
시간이 더디게 가도 내가 네 곁에 꼭 함께
있을게. 지금 잡은 손! 끝까지 놓지 않을게."

해맑게 웃던 너의 미소가 유달리 보고 싶은
계절이다.

| 세 번째 용기 |

여행 중독자

친숙했던 모든 것에서 벗어나

전혀 관계 없는 사람들을 만나는 설레는 여정.

누구의 아내, 혹은 엄마가 아닌 온전한 나로서

나를 만나는 시간인 것이다.

여행의 모든 경험은 세포마다 춤을 추게 만든다.

나에게 여행이란 친숙했던 모든 것에서 벗어나 새로운 장소, 낯선 사람들 틈에서 선택이란 자유를 누리는 행위다.

이렇게 타 도시로 발걸음을 옮기는 이유가 바쁘게 일상을 살아 내느라 지쳐있던 자신에게 휴식을 주기 위한 것인지, 별 뜻 없이 다시 제자리로 돌아오기 위한 것인지는 잘 모르겠다. 다만 분명한 것은 떠날 때 온전히 행복하다는 사실이다. 짐을 꾸리고 밖을 나설 때 마음이 간질간질해지기 때문일까.

친숙했던 모든 것에서 벗어나 전혀 관계없는 사람들을 만나는 설레는 여정. 누구의 아내, 혹은 엄마가 아닌 온전한 나로서 나를 만나는 시간이다. 진짜 나를 찾아가는 여행이다. 여행의 모든 경험은 내 안에 잠자던 감각들을 깨운다. 세포마다 춤을 추게 만든다.

낯선 곳으로의 여행은 익숙한 환경에서는 절

대로 드러내지 않은 가면을 벗겨주고, 자유의 날개를 펼치게 해 주며 숨겨진 욕망의 끝을 맛보게 하고 좀 더 용감한 사람으로 만들어 준다.

떠나는 이유를 곰곰이 생각해 보면 나를 비우기 위해 떠나는 것인지도 모르겠다. 뒤돌아 생각해 보면 나의 삶은 대체로 늘 참고 견디고 양보하는 편이었다. 바쁜 일상에 차곡차곡 쌓여 있던 무수한 행동, 언어, 감정들을 여행을 통해서 깨끗이 비우고 다시 일상으로 돌아와 새롭게 채우려고 떠나게 되는 것은 아닐까.

사실 나는 집을 떠나는 그 순간부터 집이 그리워지는 모순적인 사람이다. 얼마나 웃긴 일인가? 떠남과 동시에 집으로 돌아오고 싶은 이 어처구니없는 마음은 무엇이란 말인가?

그러면서도 용기를 내어 내딛는 걸음마다 설렘과 두려움, 기대감을 포개어 본다.

여행할 때는 주로 대중교통을 이용하는 편이다. 버스나 기차로 움직이는데 이 시간만큼은 깊이 사유하려고 한다. 철학자는 아니지만 마치 무엇인가 곰곰이 생각하고 결정하려고 떠나는 사람 같다. 그러나 막상 여행지에 도착해서는 아무 생각 없이 걷는 편이다.

그 도시에 살았던 사람처럼 익숙하게 공원을 걷고 거리를 걷고 밥을 먹고 커피를 마시고 작은 책방을 찾아다니고 시장을 누비며 그 도시에 사람처럼 행동하는 편이다. 그래서일까. 내가 가는 곳은 관광단지보다는 소박한 동네 수준의 여행지가 많다.

단 하루지만 그 동네 사람들처럼 소소한 일상을 누리며 묵은 생각을 비우는 과정은 바삭바삭 부서지고 구겨진 마음에 새살이 돋게 한다. 뻐근하고 스산하던 마음에 봄바람이 일렁이고 있다는 것을 알게 해 준다. 한없이 가라앉은 마음이 둥실둥실 떠다니고 있다는 것을 여행지에서 느낀다.

비워서 얻어지는 지혜와

채워져야만 느낄 수 있는 안락함을 반복하며

일상을 살아가는 나는 여행 중독자다.

그래서 오늘도 나는 이 도시를 떠나

작은 발걸음을 옮기고 있다.

때론 지도 보는 법이 익숙하지 않아,

낯선 도시의 골목길을 헤매기 일쑤이지만

여행의 변수를 환영하는 편이다.

　목적지를 찾아 헤매다 우연히 들어간 카페의 커피 맛이 너무 좋아서 잠시 목적지를 잊을 만큼 긴 휴식을 취하기도 하고, 낮은 담벼락에 놓인 하얀 운동화를 보다가 넌지시 담벼락 아래 이름 모를 사람과 짧은 대화를 나눈다. 어느 집에서 유난히 짖어대는 강아지 소리에 나 또한 소리를 내어보기도 한다. 그리고 아름다운 풍경을 배경으로 펼쳐지는 일몰….

이 모든 것이 나를 일으켜 세운다. 나를 살게 한다. 모든 순간이 특별하고 소중한 기억으로 남는다. 혼자만의 여행은 단순히 새로운 곳을 방문하는 것을 넘어 내 안의 또 다른 나를 발견하게 하고 비로소 나 자신과 대화하게 만든다. 온전히 혼자여서도 행복하지 못하고 단지 함께라는 이유만으로도 행복할 수 없다는 것을 깨닫게 해준다.

주로 집순이 생활을 유지하다가 어느 순간 폭발 직전까지 채워졌다는 것을 직감할 때, 빠르게 차표를 검색한 후 갈 수 있는 곳으로 무작정 떠나는 중독자. 나는 뚜렷한 계획과 함께 여행하는 스타일은 아니다. 다만 어디를 가든 그 도시의 작은 책방, 시장, 공원은 필수 코스이다. 남들은 그런 곳이 무슨 의미가 있냐고 한다. 산이나 바다 관광

지로 여행을 떠나라며 아쉬워하는 사람들도 있다. 하지만 나는 소소한 일상 같은 여행이 좋다. 평소 누리지 못했던 여유를 낯선 곳에서 낯선 사람들과 누리는 시간이 어쩌면 나의 남은 생을 지탱해 주는 밑거름이 되어 주지 않을까 생각한다.

내 안의 퍼즐 조각을 찾아 떠나는 여행의 끝자락에서 나는 더 이상 떠나기 전의 내가 아니다. 마음속 빈자리는 새로운 경험들로 가득 채워졌고 세상을 바라보는 시야는 이전보다 넓어졌고 따뜻해졌다. 조금 더 성숙해진 나 자신을 발견한다. 무엇보다도 내가 무엇을 좋아하고 어떤 여행 스타일을 좋아하는지 이제는 확신할 수 있다. 무언가 채워지지 않는 공허함, 설명할 수 없는 갈증의 퍼즐을 찾은 기분이다.

나는 이제 안다. 여행은 단순히 장소를 이동하는 것이 아니라, 마음속 빈자리를 채우고 자신을 새롭게 발견하고 돌아오는 여정이라는 것을. 그리고 그 여정은 아직 끝나지 않았음을.

　내 안의 결핍을 채워줄 다음 여행지는 어디일까? 벌써부터 설렘과 기대감으로 가슴이 벅차오른다. 떠남과 돌아옴을 반복하면서 살아가고 있는 나. 나는 여행 중독자이다.

연필 한 자루의 기억

몽당연필은 단순 추억만이 아니라
내게 많은 것을 가르쳐주었다.
끈기와 인내, 참을성… 그리고,
수없이 많은 물건이 쉽게 버려지는 세상에서
끝까지 사용해야 할 가치가 있는 것들.

어느 날 우연히 딸아이 방을 청소하다가 책상 위에 예쁜 상자를 발견했다. 상자 안에는 예쁘고 아기자기한 몽당연필들이 한가득 담겨 있었다. 왜 모아 두었냐고 물어보니 버리려고 했는데 버릴 수가 없어서 상자 안에 모아 두었다는 딸의 몽당 연필들.

딸아이에게 잘했다면서 버리려 하거든 엄마한 테 버리라며, 아쉬워하는 딸의 얼굴 뒤로 한 채 작은 상자를 냉큼 가져와 책상에 두었다. 마음은 온통 폭죽 터지는 축제처럼 표현할 수 없는 기쁨 과 환희를 느꼈다.

상자 속 몽당연필은 세월의 시간만큼 짧아진 심과 까슬까슬한 나무 표면이 딸아이의 학창 시간 을 고스란히 말해 주는 것 같았다. 그 순간 나의 어린 시절 추억들이 영화의 한 장면처럼 펼쳐졌 다.

어린 시절에는 도시가 아닌 첩첩산중 산골짜

기에서 살았다. 마을이라 불릴 정도도 되지 않는 작은 공동체. 마을로 향하기 위해서는 산에서 한 시간이나 내려가야만 했던 곳에서 살았다. 당연히 문명적인 혜택은 누려보지 못했고 자연의 한 부분처럼 살았던 시절이었다.

유독 연필과 예쁜 노트를 갈망하던 어린 계집아이…. 핑계일지는 몰라도 어린 시절의 결핍이 50이 넘어선 지금에도 문구류만 보면 환장하는 이유이기도 하다.

버지니아 울프의『거리 출몰하기-런던 모험』는 이런 글이 있다.

연필 한 자루를 향한 열렬함을 느껴본 적이
있는 이는 아무도 없을 것이다.
그러나 하나를 소유하는 것이 지극히
바람직할 수 있는 상황이 있다.

오후의 차를 마시는 시간과

저녁 식사 시간 사이에 런던을 정처 없이

걷고 싶다는 하나의 목적을 품고

핑계를 대는 순간이다.

나는 어린 시절부터 연필 한 자루에 열렬함과 목마름이 컸던 아이였다. 친구들이 나와 다른 연필을 가지고 있는 모습을 보면 왜 그렇게 부러웠는지. 친구가 몽당연필을 쓰레기통에 버리려고 하면 창피함도 모른 체 나한테 버리라고 하면서 친구들의 연필을 수집하고는 했다. 부모님의 쓸쓸한 시선 뒤로 몽당연필들을 매만지며 해맑게 웃던 철없던 시절이었다.

짧은 몽당연필을 깎는 것을 무척이나 좋아했던 어린 계집아이….

칼을 쥐고 연필을 돌리며 뾰족한 심을 만들어

내는 과정이 시간 가는 줄 모르고 즐거웠다. 자동 연필깎이가 나와 신기해 하던 시절에도 언제나 칼로 연필을 깎는 것을 좋아했다. 자동 연필깎이를 살 형편도 못되었지만 연필을 깎는 행위는 뭐랄까…, 내게는 의식 같은 것이었다. 일기를 쓸 때나 글을 쓸 때 나의 마음을 정화시키는 의식!

새로 깎은 연필로 첫 글자를 쓸 때 마음이 설레었고 곱게 쓴 글씨를 보며 뿌듯함을 느꼈다. 노트가 귀해 흰 달력 종이를 뜯어서 쓰고 그랬던 초등학교 시절에는 친구가 쓰다 버린 몽당연필이 전부였고, 심은 부러지기 일쑤였지만 짧아지는 연필을 볼 때마다 어떤 희열감을 느꼈다. 무엇이 그리도 뿌듯했던지. 돌이켜 보면 몽당연필은 단순히 닳아 없어지는 것만이 아니라 내 마음에 단단함을 심어 주었던 것 같다. 열등감으로 똘똘 뭉친 마음이 아니라 뿌리 깊게 내린 나무처럼 단단해지도록 마음을 만져 주었다.

중학교에 들어서면서부터는 몽당연필 대신 샤프를 사용하는 친구들이 많아졌다. 그러나 나는 여전히 몽당연필을 놓지 못했다. 볼펜 대에 몽당연필을 끼워 사용할 때면 마음이 편안해지고 집중력이 높아지는 것만 같았다. 가난이 주는 선물이었다.

몽당연필은 내게 단순 추억만이 아니라 많은 것을 가르쳐주었다. 끈기와 인내, 참을성…그리고, 수없이 많은 물건이 쉽게 버려지는 세상에서 끝까지 사용해야 할 가치가 있는 것들. 인생을 살아가면서 우리가 버리지 않고 간직해야 할 소중한 것들이 있다는 것을 몽당연필을 통해 배웠다. 비록 나의 어린 시절은 가난했지만 그리 나쁘지만은 않았다고 추억할 수 있던 건 이런 배움이 있었기 때문일 거다.

낡은 옷을 물려 입고, 친구들의 버려진 몽당연필을 가져다 썼지만 차가운 땅을 뚫고 나오는 봄의 새싹들처럼 늘 꿈과 희망이 함께 숨 쉬고 있다는 것을 항상 기억하며 마음속에 빛을 잃지 않으려 애썼다. 가난이 주는 부족함보다 마음이 반짝이는 것들을 찾아냈던 시절이었다.

시간이 흘러 어른이 되었고 더 이상 연필을 자주 사용하지 않게 되었다. 컴퓨터와 스마트폰이 일상 생활에 자리 잡으면서 손 글씨를 쓸 일이 줄어 들었기 때문이다. 일 초라도 빠르게 움직여야 도태되지 않는 세상을 살다 보니 차근차근 연필을 깎으며 내면을 들여다보는 시간적 여유를 잊은 채 살아왔다. 그러다 문득, 딸아이의 몽당연필 상자를 보며 다시 한번 연필이 가진 가치를 깨닫는다.

딸아이 역시 연필을 통해 자기 생각과 감정을 표현하고 세상을 향해 나아가고 있을 것이다. 조금 서툴고 어설프게 보여도 딸 나름대로 인생의 방향을 잡아가며 꿈꾸는 멋진 사람으로 성장하고 있으리라.

몽당연필을 버리지 못하는 딸아이의 마음에 내 마음을 포개어 본다. 그 시절의 어린 나의 마음을 지나, 이제는 부모의 마음을 포개어 본다.

| 다섯 번째 용기 |

습작

백발이 되어도 나는 변함없이 글을 쓸 것이다.
대가 없이 나를 지키는 나의 사람들과 함께
나의 글을 나누면서 서로를 응원하며
이어 나가고 싶은 글쓰기는
여전히 현재 진행형이다.

바삭하게 구워진 토스트 위에 녹아내리는 버터의 향기, 햇살이 따스하게 내리쬐는 창가에서 책장을 넘기는 소리, 빗방울이 유리창을 두드리는 잔잔한 리듬. 매일 이런 소소한 일상을 살아간다. 때로는 너무 평범해서 지루하게 느끼기도 하지만 가만히 눈을 감고 귀 기울여 보면 그 안에 아름다움과 소중함이 가득하다는 것을 알 수 있다.

그중에서도 나는 글쓰기를 좋아한다. 좀 더 정확히 말하면 끄적끄적하기를 즐긴다. 낙서 쓰기처럼 자유로운 글쓰기를 좋아한다. 누구한테 부탁받아 글을 쓰는 것도 아니요, 유명해지려고 글을 쓰는 것은 더더욱 아니다. 그냥 쓰는 그 자체가 행복하기에 쓰는 것 같다.

한 편의 글이 완성되고 인스타그램이나 블로그에 올릴 때면 꼭 세상 한가운데 발가벗은 채로 나를 드러내는 것 같아서 나는 몇 번이나 주춤한다. 그때마다 나는 세상에서 가장 소심한 이가 되어 몇 번이나 썼다 지웠다를 반복한다. 나의 민낯을 사람들에게 들키는 것만 같고 이런 사적인 글도 이야기가 될까 하는 마음에서이다. 마음속 저 깊숙한 곳에서 내가 글을 써도 될까 하는 의구심이 들어서이다. 그럼에도 불구하고 쓰는 것을 멈추지 못하는 이유는 세상을 향한 나의 작은 용기일지도 모르겠다.

'세상아, 나 여기 있어. 나 살아 있어.'

쓰는 순간만큼은 살아 있다는 생각이 들기 때문이다. 꿈틀대고 있다는 생각이 들어서다. 원래 용기란 녀석은 제 민낯을 보여 주는 순간 제일 먼저 발현된다. 쓰는 순간부터 나는 용감해진다. 지구의 종말이 오지 않는 한 매일매일 찾아오는 하루가 있는 한 나는 써야 했다.

컴퓨터 하얀 화면에 커서가 깜박깜박하고 빈 화면에 글자가 하나하나 채워지는 순간이 너무 좋았다. 작은 희열을 느꼈다. 시간의 흐름에 따라 사라지는 것이 아니고 채워지는 것이 너무 좋아 쓰는 행위를 멈출 수가 없었다. 중독이다. 합법적인 중독. 쌓여 가고 채워지는 것이 마음 한 자락을 반짝이게 하였다. 꼼지락꼼지락 무엇인가 꿈틀거리게 하였다.

글을 쓰는 순간만큼은 오로지 나로 존재하는 시간이다. 누구의 엄마, 누구의 아내 누구의 딸이 아닌 인간 자체 나. 때로는 적당히 소심하고 때로는 적당히 무례하며, 적당히 밥벌이하고 사는 나. 커피를 마시고 무엇인가 끄적거리기 위해 자판을 두드리는 행위가 나를 숨 쉬게 한다. 평소에 숨도 못 쉬고 사는 사람은 아니지만….

솜사탕처럼 한없이 달콤할 것 같던 일상도 어느 순간 폭풍 전야가 되기도 한다. 나조차 알 수 없는 결핍과 불안이 나를 옥죄여 올 때면 숨이 잘 쉬어지지 않는다. 세상에 뒤통수를 호되게 맞는 날이면 머리끈 하나 동여매고 화장기 없는 얼굴로 키보드를 두드린다. 오로지 이 순간에만 진정한 내가 되는 것 같아서 글쓰기를 멈출 수가 없다. 머리부터 발끝까지 전율이 밀려온다. 세상 그 어디에도 없던 멋진 나와 달콤한 로맨스 영화를 찍는 기분이랄까! 세상의 주인공은 될 수 없어도 나만의 영화 속 주인공은 될 수 있는 시간….

나는 어떤 사람이고 어떻게 살고 싶은지, 추구하는 가치관은 무엇인지 돌아보며 의미 있는 삶을 살게 하는 글쓰기. 글을 쓸 때면 울고 있는 나를 따듯하게 안아 주는 기분이 들었다.

남들과 비슷하게 적당히 애쓰면서 살고 싶었다. 적당이라는 단어만으로도 안도할 수 있는 삶, 그리하여 100미터 달리기를 하듯 전력질주하지 않아도 되는 삶을 살고 싶었는지도 모른다. 결코 백 퍼센트 소진되는 삶을 살고 싶지 않았다. 다만 글을 쓸 때만큼은 나의 모든 것을 끌어올려 소진

하려고 한다. 얕은 지식이나 모호한 감정조차 쓰는 일을 방해할 수는 없다. 녹록하지 않은 삶에 돌돌 말려버린 마음을 다림질 하듯 반듯하게 쫙 펴지는 것만 같은 시간이니까.

가면을 쓰고 적당히 타협하며 사회생활을 하던 내가 유일하게 가면을 벗어던질 수 있는 글쓰기를 나는 멈출 수 없다. 쓰는 삶 자체가 나이므로. 유명한 작가들처럼 잘 쓴 글은 아닐지 몰라도 나는 쓰는 내내 행복하다. 끝까지 써서 마침표를 찍는 순간이 쓰는 나를 위로해 준다. 마음을 반짝이게 한다.

마음이 체한 날에 글을 쓰면서 한바탕 울고 나면 다음날이면 다시 일어나 아무 일 없다는 듯 일상을 시작할 힘이 생긴다. 이것이 내가 글을 쓰는 진짜 이유이다.

백발이 되어도 나는 변함없이 글을 쓸 것이다.

대가 없이 나를 지키는 나의 사람들과 함께 나의
글을 나누고 서로를 응원하며 이어 나가고 싶은
글쓰기는 여전히 현재 진행형이다.

나의 텃밭, 나의 정원

나를 먹이고 가꾸던 사람과 사랑

| 여섯 번째 용기 |

나이 들어간다는 것

50대가 된 지금도 아직 잘 모르겠다.

다만 20대처럼 미래에 대한 불안과 초조함으로

현재를 놓친 채 살아가지는 않는다.

확실한 것은 살아온 날보다

앞으로 살아갈 날이 짧다는 것이다.

가끔 나이 드는 것에 대해서 생각해 본다.

20대는 마치 폭풍우 속 작은 배와 같았다. 미래에 대한 불안과 끊임없는 자기 성찰은 나를 쉴 새 없이 흔들었다. 이른 나이에 결혼, 사회생활의 어려움 등 끊임없이 변화되는 삶 속에서 나는 누구인지, 무엇을 원하는지, 어떻게 살아가야 하는지 끊임없이 질문해야 했다. 머뭇대고 주춤하는 동안 친구들은 사회에서 인정받고 안정을 찾아갔고, 나는 육아와의 싸움에 지칠 대로 지친 상태였다.

이른 나이의 결혼으로 항상 친구들과 엇갈린 삶을 살았다. 친구들이 한창 사회생활 할 때 나는 열심히 육아 중이었고, 아이들 다 키우고 여유가 생겼을 때 친구들은 열심히 육아 중이었다. 떠도는 섬처럼 불안하였고 어디로 흘러갈지 걱정되었다. 그저 아침에 눈을 떠 잠드는 순간까지 삶에 이끌려 다니느라 몸과 마음이 지친 상태였다.

50대가 된 지금도 아직 잘 모르겠다. 다만 이

제는 20대처럼 미래에 대한 불안과 초조함으로 현재를 놓친 채 살아가지는 않는다. 확실한 것은 살아온 날보다 앞으로 살아갈 날이 짧다는 것이다. 무엇을 하든 나는 지금 20대 때보다 훨씬 더 빠른 속도로 나의 남은 삶을 지워가고 있다. 그래서인지 시간이 많으면서도 시간이 없다. 아이러니한 일이다.

과거에 대한 후회나 미래에 대한 불안보다 현재의 집중하고 작은 행복에 감사하며 살아가는 것 말고는 어떻게 살아야 하는 것인지 잘 모르겠다. 삶의 가치는 다른 사람이 아닌 스스로 만들어가야 한다는 것을 50대에 이르러서야 겨우 알 것 같은데 시간은 기다려 주지 않는다.

인생은 어쩜 수많은 물음표와 느낌표, 그 중간의 쉼표가 아닐까? 마지막에는 마침표로 끝나는 여정 같은 것.

무엇을 묻고 무엇을 느끼고 살았는지, 어떤 풍경을 바라보았는지, 곁에는 누가 있었는지⋯ 스스로에게 묻고, 수많은 사람들 가운데서 내 사람들을 찾고 함께하며 그들 품에서 마침표를 찍는 것이 삶의 여정 같다.

50대, 벌써 여기저기 고장이 나기 일쑤고 하루가 다르게 몸이 달라지고 있다. 20대에는 며칠 밤을 꼬박 새워도 끄떡 없었고 끼니를 걸러도 배고픔을 몰랐다. 돌을 씹어 먹어도 될 만큼 소화력이 좋았던 위장은 이제 완전 고장이 나 너덜너덜한 상태다. 몸 속 장기뿐 아니라 아침에 눈을 뜨면 어김없이 관절이 쑤시고 뻣뻣해진 몸이 반긴다. 어제까지만 해도 멀쩡했던 허리가 갑자기 삐끗하거나 잠시만 앉아 있어도 다리가 저려온다.

젊은 시절에는 가볍게 뛰어넘었던 문턱도 이제는 조심스럽게 넘어야 한다. 앉았다 일어나는 데도 아이고 아이고를 연발한다. 마치 한 몸이 아닌 것처럼 여기저기서 이상 신호를 보내온다.

황당한 것은 몸의 불편함은 꼭 급할 때 중요한 약속이 있을 때 발생한다는 것이다. 오랜만에 친구들과의 모임이 있는 날, 한껏 멋을 부리고 새 신발을 신고 나섰다가 뒤꿈치가 까져 물집이 잡힌다거나 중요한 회의를 앞두고 갑자기 배탈이 나는 일은 다반사다. 마치 우주가 나를 놀리는 듯 모든 일이 꼬여버린다. 심지어 익숙한 물건마저 나를 괴롭힌다. 익숙하게 사용하던 스마트폰이 갑자기 복잡하게 느껴져 던져버리고 싶은 충동을 느낄 때도 있다. 이제는 돋보기가 없으면 책조차 읽을 수 없을 정도로 노안이 찾아왔다. 모든 것이 퇴보하는 것만 같아 가끔은 나를 서글프게 하고 마냥 웃지는 못할 웃음거리를 만들어 내지만 긍정적인 마음가짐으로 하루를 버텨내려고 노력 중이다.

젊은 날의 열정과 패기는 사라졌지만 그 빈자

리에는 잔잔한 평온과 여유가 자리 잡았다. 마치 깊어져 가는 가을처럼 삶의 풍경도 조금씩 변화하고 있다.

인생이라는 책의 마지막 장을 어떻게 써 내려갈 것인지 자신과 대화 중인 요즘! 내 삶의 마지막 장 이야기는 지금 내가 어떤 선택을 하고 어떤 삶을 살아가느냐에 달려 있지 않을까 싶다. 후회 없는 삶을 살기 위해 오늘 하루도 최선을 다해 살아갈 것이다. 사랑하는 사람들과 행복한 시간을 보내고 좋아하는 일을 하며 자연과 함께 여유로운 시간을 보내고 싶다.

저무는 노을처럼 삶을 살아가고 싶다. 자연을 벗 삼고 사람들 틈에서 우정이라는 즐거움을 누리며, 가끔은 투덕거려도 다시금 제자리로 돌아오는 자석의 N극과 S극처럼 함께해야 하는 나의 사람들과 나이 들어가는 지금이 나를 반짝이게 한다.

30년의 사랑

이제는 젊은 날의 뜨거운 감정 대신

서로의 주름진 손을 잡고 따스한 온기를 나눈다.

밤하늘의 별을 보며 속삭이던 밀어는

서로의 하루를 조용히 들어주는 다정한 눈빛으로

바뀌었다.

춘향이와 이몽룡이 사랑에 빠진 나이, 이팔청춘 16세. 나에게 사랑이라는 감정이 선물처럼 찾아온 나이 18세. 우린 그렇게 서로에게 스며들었다. 학창 시절 가족 외에 제일 많은 시간을 함께 보냈던 사람. 나 자신보다 나를 더 잘 알고 사랑해 주던 사람. 목련꽃처럼 환한 미소가 눈부셨던 사람.

풋풋한 사과 같은 설렘과 뜨거운 열정은 첫사랑이라는 감정을 불러일으켰고 두근거림은 봄날의 아지랑이처럼 피어올랐다. 우리는 그렇게 설익은 감정을 붙잡고 가족이 되었다. 30년이라는 시간 동안 서로의 가장 친한 친구가 되어 주었다. 수많은 세월의 풍파 속에서 서로를 지키며 살아왔고 앞으로도 그렇게 살아갈 것이다.

지금 생각해 보면 참 무모했고 겁이 없었던 나이. 앞뒤 안 가리고 사랑에만 올인했던 시절이자 가장 순수했던 계절, 청춘이었다.

다른 친구들처럼 여러 사랑을 경험해 보지도 못했고 이별의 감정도 느껴 보지 못했다. 사랑이 떠난 자리에 다른 사랑이 채워지는 경험도 없이 어린 날의 순수한 감정을 온전히 받아들였다. 30년이라는 시간을 영화의 필름처럼 되돌려 보면 우린 서로를 참 많이 아끼고 지키려고 무던히 노력하며 살아왔는지도 모른다.

결혼 이후의 삶은 마치 롤러코스터처럼 순식간에 우리를 집어삼켰다. 아이들이 태어나고 웃음소리로 가득했던 집. 힘든 일에 지쳐 서로에게 기대어 울었던 밤, 그리고 함께 이루어낸 작은 성공들까지……. 삶의 희로애락을 함께 하며 우리는 하나가 되어 갔다. 꿈을 향해 달려가는 동안 웃음과 눈물이 교차했고 그러는 사이에 뜨거운 열정보다 따듯한 온기가, 설렘보다는 익숙함이 자리 잡았다. 서로를 지지하고 의지하며 살아왔다. 단순히 사랑을 넘어 서로에게 없어서는 안 되는 가장 친한 친구처럼 서로를 안아주며 살아왔다.

이제는 젊은 날의 뜨거운 감정 대신 서로의 주름진 손을 잡고 따스한 온기를 나눈다. 밤하늘의 별을 보며 속삭이던 밀어는 서로의 하루를 조용히 들어주는 다정한 눈빛으로 바뀌었다. 말하지 않아도 전해지는 따스함. 익숙함 속에 묻어나는 편안함.

이것이 바로 30년 세월이 선물한 사랑의 또 다른 이름, 애틋함이다.

애틋함으로 사람을 사랑하는 사람은 절대로 자신을 해할 수 없다. 가족을 사랑하는 사람은 자신에게 상처가 되는 행동을 감히 할 수 없는 법이다. 자신을 사랑하는 법을 가족으로부터 배우기 때문이다. 가끔 실수를 할 수는 있어도 돌이킬 수 없는 선택은 만들지 않는다. 그렇게 나도 나를 지키며 살아올 수 있었다.

30년이라는 세월 동안 우리는 함께 웃고 울며 인생의 많은 풍경을 함께 했다. 서로의 꿈을 응원하고 때로는 서로의 상처를 보듬어 주며 함께 성장했다. 단순한 사랑의 감정을 넘어 서로에게 없어서는 안 될 그림자 같은 존재가 되어 가는 과정이었다.

석양의 붉은빛처럼 서로가 서로에게 가장 편안하기를, 오랜 세월 함께 견뎌낸 고목의 뿌리처럼 서로가 서로를 여전히 지켜주기를 바란다. 어둠의 그림자가 온 생애를 삼키는 순간이 와도 끝까지 곁에 남아 있어 주는 유일한 사람이 서로이기를 바란다. 고맙다, 사랑한다는 말로는 부족하다. 이번 나의 생은 당신이 있었기에 따뜻한 봄날이었음을 안다.

엄마의 텃밭

엄마의 텃밭은 나에게 삶의 진리를 가르쳐 준
따뜻한 공간이자, 엄마에게는 청춘과 맞바꾼
삶의 터전이었다.

사람은 혼자 보는 일기장에도 거짓말을 쓴다.

하지만 진실은 간단하고 거짓은 복잡하다.

왜 살아야 하는지 아는 사람은

그 어떠한 상황도 견딜 수 있다.

그렇게 견디면 기회는 반드시 온다.

항상 그랬어요. 난 마음먹은 건 다해요.

- 드라마 〈안나〉이주용 극본/연출, 쿠팡플레이(2022)

어린 시절, 엄마에게 제일 많이 했던 거짓말은 숙제 다 했어요,이다. 숙제를 미루고 잠깐이라도 친구들과 놀고 싶은 마음에 아무 생각 없이 내뱉은 말이었다. 그 말은 나를 잠시 자유롭게 했지만 결국에는 더 큰 스트레스와 후회를 남겼다. 내가 거짓말을 할 때면 엄마는 항상 나를 텃밭으로 데리고 갔다.

텃밭을 들어서면 제일 먼저 나를 반기는 건 냄새였다. 땅의 비릿한 거름 냄새, 축축한 흙의 냄새.

엄마의 텃밭은 보물 상자였다. 계절별로 먹을 것이 가득했다. 오이, 참외, 토마토, 상추, 고추, 감자, 고구마, 가지, 파, 깻잎. 계절에 따라서 서로 다른 채소를 심고 갈고 반복하면서 늘 호미를 들고 사셨던 엄마. 엄마의 구부정한 허리와 손마디마디 관절과 맞바꾼 일용할 양식들이 텃밭에 가득했다.

엄마는 상추를 따면서 거짓말은 모래 위에 지은 성과 같다고 하셨다. 처음에는 그럴듯해 보이지만 시간이 지나면 바람과 파도에 의해 무너지고 만다고. 진실은 단단한 바위 위에 지은 성처럼 시간이 지나도 흔들리지 않지만, 거짓말은 일시적인 안락함을 줄 수 있지만 결국에는 진실이 드러나기 마련이라면서 거짓말이 주는 순간의 안락함, 그 뒤에는 피할 수 없는 책임과 후회가 있다고 하셨다. 거짓말을 한 벌로 텃밭에 잡초를 뽑으라 하시면서 잘 생각해 보라고 하셨다.

그러면서 늘 말하셨다.

"이 상추는 네가 심은 거보다 내가 심은 게 더 빨리 큰다."
"새빨간 거짓말 똑같은 상추인데 엄마가 심은 게 더 빨리 큰다고?"

똑같이 정성껏 심고 가꾼 상추인데 정말 엄마가 심은 상추가 더 크게 자란 것처럼 보였다. 먼 훗날 그날 이야기를 하면서 물었더니 엄마는 "거짓말이지 똑같은 상추인데 그런 게 어딨어, 거짓말을 하려면 자신을 상처 입히지 않는 거짓말만 하는 거야" 하셨다.

엄마는 텃밭에서 자라는 채소들을 보면서 애

기하셨다.

"콩처럼 쑥쑥 자라는 것도 있지만 오이처럼 천천히 자라는 것도 있어. 사람도 마찬가지란다. 성장 속도는 모두 다르지만 결국은 빠르든 늦든 결과를 다 맺지. 인생을 남과 비교하기 시작하면 끝도 없다는 사실이야. 결국 어쩌면 인생은 자신과의 싸움인지도 모르겠다. 남들과 비교하며 조급해할 필요 없이 자신만의 속도로 성장해서 나가면 돼, 알았지?

이 오이처럼 말이야. 무슨 일을 하더라도 과정을 즐겨봐. 너는 잘할 수 있을 거야."

엄마의 텃밭은 나에게 삶의 진리를 가르쳐 준 따뜻한 공간이자, 엄마에게는 청춘과 맞바꾼 삶의 터전이었다.

어른이 되어 사회에 나가자 나는 또 다른 의미의 거짓말을 하게 되었다.

"잘 지내고 있어요, 괜찮아요, 안 아파요."

힘들고 지친 날들이 많았다. 그러나 사회적인 기대와 체면 때문에 진심을 말하기 어려웠다. 상대를 위한 거짓말도 늘었다. 관계가 어정쩡한 지인에게 밥 한 번 먹자고 인사를 건네거나 친구가 "오늘 내 머리 모양 어때?"라고 물으면 예쁘지도 않은데도 "예뻐"라고 답을 해주고, 끊임없이 자랑만 늘어놓는 친구의 수다가 즐겁다는 듯이 맞장구를 쳐준다든가…. 이런 거짓말은 나를 보호하는 방패가 되기도 했지만 동시에 나를 고립시키는 벽이 되기도 했다.

인생은 마치 한 편의 연극 같다는 생각을 했다. 우리는 각자 주어진 역할을 맡아 무대 위를 오르내리며 때로는 주인공 때로는 조연이 된다. 때론 진솔한 모습을 보여주지만 때로는 가면을 쓰고 다른 모습을 보이기도 한다. 상처받지 않기 위해, 사랑하는 사람을 지키기 위해, 때로는 더 나은 인상을 주기 위해서.

마치 무대에서 배우가 더욱 극적인 효과를 위해 과장하거나 감추는 것처럼 인생이라는 무대에서 거짓말을 통해 자신을 포장하거나 감추기도 한다.

과연 인생이라는 무대에서는 거짓말 없이 살수 없을까? 조금의 거짓말도 없는 삶은 불가능하지 않을까. 중요한 것은 거짓말을 하더라도 진실을 향해 나아가는 노력을 하는 것이다. 완벽한 무대를 위해 극 연출자가 끊임없이 수정하고 보완하듯이 우리도 삶이라는 연출을 통해 진실에 더 가까이 다가갈 수 있도록….

결코 영원히 아름다운 가면은 없다는 것이다. 가면 속 얼굴은 언제인가 드러내게 되어 있다는 게 삶의 진리이다. 우리는 저마다 누군가에게 사랑 받았던 기억으로 삶의 모순점을 지워 나갈 수 있는 힘을 가진 사람들이다. 오늘따라 유난히 엄마의 텃밭이 그리워진다.

| 아홉 번째 용기 |

커피와 숨

커피 향기는 나를 다른 세상으로 안내한다.

요술램프 지니처럼 다른 세상으로

나를 넌지시 데려다 놓는다.

마음속의 또 다른 자아를 불러일으킨다.

어린 시절에 나는 아침에 일어나면 창문부터 열었다. 열린 창문을 통해 바라본 세상은 늘 짙은 안개가 자욱했다. 안개에도 냄새가 있다는 것이 신비롭던 시절. 적막함 속에 들려오는 새소리, 나무 바스락거리는 소리, 풀잎 스치는 소리, 계곡물 소리, 동물들 소리, 풀 냄새, 나무 냄새, 이슬 냄새……. 도시가 내뿜는 인위적인 냄새가 아닌 자연이 주는 냄새를 맡으며 하루를 시작했다.

마른 나뭇가지들이 타들어 가는 소리가 잠잠해진 아침, 짙은 안개가 순식간에 숲을 감싼다. 그 순간 세상은 몽환적으로 변하고, 잿빛 구름이 산등성이를 휘감아 돌다 능선을 따라 흐르는 모습이 마치 살아있는 생명체 같았다. 발밑에 펼쳐진 숲은 안개에 잠겨 흐릿한 윤곽만 드러난다. 현실과 환상의 경계가 모호해지는 마치 꿈결 속을 걷는 것 같다. 앙상한 나뭇가지들은 하얀 면사포를 두른 듯 자태를 드러내고 풀잎 위에 맺힌 물방울은 투명한 보석처럼 반짝인다. 고요한 정적 속에서 새들의 지저귐이 희미하게 들려온다. 마치 안갯속에서 울려 퍼지는 요정들의 노랫소리 같다. 숲 속을 가득 채운 습기는 코끝을 간지럽힌다. 풀 내음과 흙냄새가 뒤섞인 향기로 마음을 정화시켰던 어린 시절의 오감이 생생하다.

안개는 모든 소리를 흡수하고 시야를 가리는 신비로운 존재 같다. 낮과 밤의 모호한 경계를 만든다. 밝음과 어둠의 경계에서 안개는 고요하게 자신을 돌아보고 자연과 하나 되는 경이로운 경험을 선물한다. 그러다 찰나의 순간, 안개는 빠르게 걷히며 햇살이 비칠 때 숲은 생기를 되찾는다. 안개는 숲 속 어딘가로 자취를 감춘다. 마치 처음부터 존재하지 않았던 것처럼….

후각이라는 것은 참 신비롭다. 같은 나무여도 매일 다른 냄새를 맡고, 익숙한 향기가 코끝을 스밀 때면 과거의 장면이 떠오른다. 그 시절이 그립

기만 한 것은 다시는 돌아갈 수 없다는 것을 알기에 가지는 미련 혹은 그리움이 아닐까.

어른이 되고 난 후 하루의 시작을 알리는 아침 풍경은 시끄러운 차 경적, 바삐 움직이는 사람들의 발걸음 소리, 대화 소리로 가득하다. 마치 자신들만의 동굴을 벗어나 세상 속으로 걸어가는 소리 같다. 무심한 듯 표정 없는 사람들은 무엇이 그리 분주한지 일률적으로 움진다. 그 한 손에는 항상 커피가 들려 있다. 나의 아침에도 늘 커피가 함께한다.

누구에게나 그러하겠지만 내게 커피란 그저 단순한 카페인만은 아니다. 커피를 함께 마시는 사람, 그날의 공간, 온도, 바람, 냄새…… 그 모든 것이 어우러진 종합 선물이며 하루 시작을 알리는 자명종 같은 것이다.

누가 나에게 밥 먹자면 밍기적밍기적 귀찮아하다가도 커피 한 잔 하자고 전화가 오면 몸이 반사적으로 움직인다.

"좋아, 커피."

나는 커피를 사랑한다. 사실 커피 맛은 잘 모른다. 내가 즐겨 마시는 것은 0.5 샷. 원샷도 아닌 0.5 샷을 내려 달라고 하면 사장님들은 추가하는 것인지 묻는다. 그때마다 나는 답한다.

"아니요. 0.5샷만 내려주세요." 라고.

지인들은 커피가 아니라 커피물이라며 대체 무슨 맛으로 마시냐며 놀리고는 한다. 맞다. 사실 커피 물이다. 나는 연하게 마시는 커피 물이 좋다. 내게 커피는 맛보다도 마시는 행위 그 자체가 쉼이다. 후- 하고 숨을 내쉬는 행위다. 절대적으로 포기할 수 없는 의식 같은 것이다. 커피를 마시는 잠시 동안 시끄러운 세상에서 잠시 벗어나 나만의 고요한 동굴로 돌아가는 듯한 착각을 하게 된다. 어쩌면 커피 한 잔에 잠시 세상을 유유자적 흘려 보내고 싶은지도 모른다.

커피 향기는 나를 다른 세상으로 안내한다. 요술램프 지니처럼 나를 슬그머니 다른 세상으로 데려다 놓는다. 마음속의 또 다른 자아를 불러일으킨다. 수많은 사람 틈 속에서 마시는 커피 한 잔에, 마치 넓은 들판에서 바람에 살랑이는 이름 모를 들꽃, 그 작은 생명이 펼쳐내는 춤사위에 마음이 빼앗긴 듯한 착각을 하게 된다.

상상 속에 펼쳐지는 푸른 도화지에 수놓은 듯한 하늘은 그 깊이를 가늠할 수 없을 만큼 광활하고 신비롭다. 들꽃은 마치 세상의 근심과 걱정을 잊게 해주는 요정들의 속삭임 같고, 하늘은 모든 것을 포용하는 어머니의 품처럼 따스하게 느껴진다. 그 순간, 자연과 하나가 되어 세상의 모든 시름을 잊고 평온함에 젖어든다. 마치 시간이 멈춘 듯 고요하고 아름다운 세상에 홀로 남겨진 듯한 상상을 한다.

커피 한 잔에 갓 볶아낸 원두의 쌉싸름하고 고소한 향기는 마치 포근한 담요에 싸인 듯한 편안함이 되어 온몸을 감싼다. 온몸에 힘이 빠지는 순간이다. 무거운 마음이 비로소 가볍게 내려앉는 기분이다. 숨가쁘게 돌아가는 삶에 온몸에 잔뜩 힘을 주고 생활하다, 마시는 커피 한 모금 한 모금은 세상을 소음을 차단하고 짧은 쉼을 선물한다.

오늘만큼은 커피 한 잔의 여유를 통해 자신에게 작은 행복을 주는 것은 어떨까?

바삐 움직이는 사람 구경도 하고 주변에 풀 한 포기 나무 한 그루는 없는지 살펴보며 마음의 고요함을 느끼고 인위적인 것보다는 자연이 주는 쪽으로 시선을 두며 내면의 나와, 곁의 다정한 이들과 눈을 맞추면서 말이다. 10분이어도 좋고 단 5분이어도 좋다. 더불어 사랑하는 사람들과 함께라면 더할 나위 없다. 소소한 대화 혹은 대화 없이 커피잔만 만지작거려도 침묵의 고요함을 사랑하게 될 것이다.

사람과 사람을 이어주는 커피. 진정한 나와 조용히 마주하는 시간. 매일 반복적인 하루 중에서 잠시 특별한 휴식, 마음을 반짝이게 하는 커피 한 잔.

버리는 연습

물건을 사는 순간의 희열감과 소유를
행복이라고 착각하던 순간이 지나가면
쌓인 물건들은 점점 무거운 짐이 되어
정신을 나락으로 떨어뜨리고 있었다.
비로소 병이라는 것을 인지했다.

나는 버리는 것에 영 소질이 없는 사람이다. 무엇을 버리고 무엇을 남겨야 하는지 생각조차 하기 싫어한다. 작은 물건을 버리는 데도 결정이 쉽지 않아서 꽤 많은 시간이 필요하다. 핑계라 생각할지 모르겠지만 버리려고 결심하는 순간,

아, 이거 나중에 쓸 일이 분명히 있을 텐데,
이 물건은 비싼 건데….

아까워 물건을 버리지 못하는 사람 중 하나다. 더 솔직히 고백하자면 정리정돈은 완전히 꽝인 사람이다. 작은 공간에서도 동선과 가구 배치를 고려해서 공간을 여유롭게 쓰는 사는 사람이 있는가 하면 나처럼 작은 집이 아님에도 불구하고 강박 수준으로 물건을 쌓아 놓고 사는 사람이 있다.

이런 내가 친구 J의 집을 방문하고 난 후로 달라지기 시작했다. J의 집에 제일 놀라운 것은 가

구가 없다는 사실이었다. 그 흔한 식탁도, 텔레비전도 없었다. 거실 벽면에 가족사진과 책꽂이, 약간의 책이 있을 뿐이었다. 이곳이 집인가? 호텔인가? 헷갈릴 정도였다. J의 집보다는 펜션에 물건이 많을 것 같았다. 어떻게 이렇게 살 수 있냐고 묻자. J는 미니멀리즘으로 최소한의 물건만 두고 삶을 이어나간다고 했다.

옷이 몇 벌이 있는지, 가방은 몇 개고, 책은 몇 권이나 있는지… 자신이 가지고 있는 물건들을 파악하면서 산다고 했다. 통장의 금액은 매번 들여다 보고 살 수 있대도 집안의 물건을 파악하고 살고 있다니 놀라지 않을 수가 없었다. 자신이 가지고 있는 물건의 수와 양을 체크하면서 산다고 말하는 친구가 이상하리만치 신기했고 부러웠다. 그리고 나 자신이 부끄러웠다.

나로 말하자면 같은 물건이라도 여러 개를 가지고 있어야 했다. 가전제품이나 큰 가구들만 빼

놓으면 우리 집에 한 개만 있는 물건들은 없다. 기본 두세 개씩 가지고 있었다. 그중에서도 가장 큰 문제는 내 물건이 세 식구의 물건보다 더 많다는 것이었다.

어느 날부터 집에 들어설 때마다 답답함을 느끼기 시작했다. 집은 현관 복도부터 물건이 뒤죽박죽 쌓여 있어 어수선했다. 꽤 넓은 집인데도 살림이 안에서 흘러넘쳐 복도까지 채우고 있었다. 이제는 미로 찾기 하듯 들어가야 하는 수준이었다. 어느 날 남편이 심각하게 말했다.

"우리 세 사람 신발보다 당신 신발이 더 많은 것 알지? 텀블러가 집에 10개가 넘어.

빵도 안 먹는데 토스트 기계는 왜 이리 많아?

문구점 차릴 거야? 한 해 다이어리 한 권이면 되잖아. 지금 굴러다니는 다이어리만 10개는 더 본 것 같은데,"

남편이 하는 말이 백번 맞다. 나는 왜 자꾸 쓰지도 못할 물건을 사고 쌓아 놓는 것일까?

그렇다고 정리정돈이 잘 되어 있어 물건이 제자리에 있는 것도 아니었다. 갑자기 필요해져 물건 하나를 찾으려면 다 끄집어내야 했다. 어디에 무엇이 있는지도 모르고 가격표조차 떼지 않은 옷과 뜯지 못한 다이어리들이 잔뜩 쌓여 있었다. 물건이 어디에 있는지 몰라서 찾고 찾다가 못 찾고 결국 또 사고……. 이런 패턴이 반복되는 생활이었다.

물건을 사는 순간의 희열감과 소유를 행복이라고 착각하던 순간이 지나가면 쌓인 물건들은 점점 무거운 짐이 되어 정신을 나락으로 떨어뜨리고 있었다. 비로소 병이라는 것을 인지했다. 텔레비전에 나오는 쓰레기 집은 아니었지만 손님이 올 때만 잠시 정리되는 집에서 언제라도 깔끔하고 반짝이는 집으로 변하고 싶었다. 손님이 오기로 되어 있으면 '빠름 빠름 모드'로 움직였다. 시야에서 보이지 않는 곳으로 살림살이를 욱여넣었다. 손님이 가고 난 후는 다시 와르르…. 이 생활을 더 이상 지속하고 싶지 않았다. 무엇인가 잘못되어 가고 있다는 것을 인지한 후 J에게 도움을 요청했다.

J는 정리가 절대 어려운 일이 아니라고 했다. 모든 물건은 자신만의 지정된 장소가 있다고 물건을 사용하고 난 후에는 제 자리에 갖다 놓는 것이 정리의 기술이라고 말해 주었다.

처음에는 귀찮을지 몰라도 사용한 후 바로 제 자리에 갖다 두면 모든 것이 달라져 있을 거라고, 공간보다 먼저 마음을 잘 들여다보라고 했다. 무엇이 자꾸 물건을 사게 하는지, 자신에게 답이 있을 거라고 그 답을 찾아야만 정리를 할 수 있다고 말하는 친구가 무척이나 고마웠다.

집으로 돌아온 후 객관적으로 공간을 들여다 보았다. 한참을 멍하니 공간을 보았다. 그제야 공간이 문제가 아니고 나의 마음이 문제였음을 알았다. 나는 나를 제대로 사랑할 줄 모르던 사람이라는 것을 깨닫자 울컥해졌다. 원하는 것을 다 가져야만 자신을 사랑해 주는 것이라고 생각했던 미숙한 사람, 세상 모든 것을 다 내 자신에게 주고 싶었던 사람이 나였다.

정리를 시작하긴 했지만 어디서부터 손을 대야 할지 몰라 난감했다. 친구 말대로 물건을 사용한 후에 제자리에 가져다 두었지만 대체로 물건이 많았다. 고민 끝에 매일 공간을 정해서 버리기로 했다. 오늘은 책상 정리, 내일은 신발장 정리, 모레는 옷장 정리, 그 다음은 욕실 정리, 또 다음은 거실 정리… 다시, 오늘은…….

버리기 시작하자 선택과 결정을 쉬워졌고 정리의 속도도 삶도 빠르게 변화되었다. 삶이 가벼워졌다. 가벼워진 공간만큼 몸과 마음이 치유된 느낌이었다. 공간이 바뀌니 세상이 달리 보였다. 공간이 넓어지기 시작하였고 비워진 공간 안에서 평안함을 느끼기 시작하였다. 언젠가는 비워진 공간이 다른 물건으로 가득 채워지는 순간이 오겠지만 말이다.

버릴 것이 물건만은 아니라는 사실도 깨달았다. 마음속 잡음부터 스트레스 불안⋯⋯. 밖에서 느꼈던 모든 감정을, 집에 들어오기 전 대문 밖에서 버리기 시작하였다. '짜증 났던 감정을 버리자! 불안한 생각을 버리자!' 오늘의 부정적인 감정을 버리고 나서야 비로소 집에서의 시간이 편안해졌고, 삶의 만족도가 올라가기 시작하였다.

집은 세상에서 제일 편안하고 안락해야 할 공간이다. 그러한 공간이 뒤죽박죽이라면 과연 이대로 괜찮은가 생각해 보아야 한다. 공간은 곧 그 사람을 말한다. 아무리 겉모습이 깔끔하고 명품을 치장하고 있다고 해도 집이 너저분하다면 그의 마음 또한 어질러져 정리가 필요할지 모른다. 사람과 공간은 완전히 분리될 수 없다.

그렇다면 현재의 내 집은 완벽한가? 아니다. 여전히 결핍으로 물건을 사고 쌓아 놓고 버리기를 반복하고 있다. 하지만 버리기를 못했던 그 시절보다는 손톱만큼은 나아졌다. 이제는 필요한 사람들에게 나눌 줄 안다. 여전히 미숙한 방식으로 나를 사랑하지만 이제는 완벽함과 부족함 그 어디쯤에 자신을 놓아두기 위해 열심히 연습 중이다.

물건에도 자기만의 자리가 있듯 지금 이곳이 나의 자리라면 여기서부터 변화를 시작해야 한다. 지금 앉아 있는 곳, 지금 잠자리 드는 곳, 그리고 그 모든 곳을 지배하는 내 몸을 깨끗이 정돈하다 보면 다른 세계가 보일 것이다. 이 글을 읽고 있는 지금, 잠시 주변을 둘러보기를. 당신의 마음은 지금 어떤 상태인가. 꽃밭인가, 어질러진 난장판인가. 혹시라도 난장판이라면 어질러진 것이 물건이든 정신이든 버리는 연습을 하면 된다. 멈추지 않고.

혹시라도 이런 힘조차 기운조차 내기 힘들다면 바로 욕실로 가서 간단히 샤워한 후 따뜻한 커피 한 잔을 손에 쥐고 창밖을 보기 바란다. 하늘이 너무 맑아서 눈부시든 비가 하염없이 내리든 커피를 마시면서 깊은 숨을 내쉬기를 바란다. 버리기에 가장 기본은 자신과 마주하는 시간에서 비롯함을 당신도 느꼈으면 하는 바람이다.

| 열한 번째 용기 |

그래, 결심했어

선택과 책임은 마치 새의 두 날개와 같아서

균형 있게 펼쳐야 하늘을 자유롭게 날 수 있다.

선택은 우리에게 꿈을 향해

나아갈 수 있는 용기를 주고

책임감은 우리의 꿈을 현실로 만들어 준다.

A와 B, 두 가지 인생을 두고 하나를 선택하는 드라마가 있었다.

"그래, 결심했어."

주인공의 선택에 따라서 달라지는 두 개의 삶, A와 B. 두 가지 삶을 모두 살아보는 이야기였다. 어떤 삶을 선택하여 살 것인가 질문을 던지는 드라마였다. 드라마를 보며 삶은 물음과 선택의 연속이고 선택이 곧 그 사람의 가치관이라는 생각을 했다. 인생은 드라마처럼 리셋이 되거나 되돌릴 수는 없다. 한번 선택했다면 마지막까지 책임을 지고 대가를 치르는 것이 인생이다.

깊은 숲 속, 햇살이 푸른 무늬를 만들어내며 풀잎을 간지럽히는 오후. 발밑에는 낙엽이 수북이 쌓여 바스락거리는 소리를 내고 새들의 지저귐이 정적을 깨뜨린다. 숲길을 따라 걷다 보면 좁은

두 갈래 길에 다다른다. 마치 인생의 갈림길처럼 어느 쪽 길을 선택해야 할지 고민한다.

왼쪽 길은 울창한 숲로 둘러싸여 그늘이 짙다. 해가 잘 들지 않아 습기가 차고 풀벌레 소리가 더욱 요란하다. 이 길을 선택하면 안정된 삶을 누릴 수 있을 것 같다. 하지만 변화를 꿈꾸기는 어렵고 답답함에 갇힐 수도 있다. 반면 오른쪽 길은 햇살이 가득한 길이다. 다만 험한 바위와 가파른 오르막길이 기다리고 있다. 이 길을 선택하면 새로운 것을 경험하고 성장할 수 있겠지만 그만큼 고난과 어려움도 감수해야 한다.

어느 쪽 길을 선택하든 대가를 치러야 한다. 왼쪽 길을 선택하면 안정을 얻지만 동시에 변화와 성장의 기회를 포기해야 한다. 오른쪽 길을 선택하면 새로운 경험을 얻지만 그만큼 고난과 어려움을 겪어야 한다. 마치 나무가 햇빛을 향해 뻗어나가듯 인간도 성장하기 위해서는 하나를 포기

하고 다른 하나를 얻는 선택을 해야 한다. 그것이 인생이다. 모든 것을 다 가질 수는 없다.

숲 속을 걸으며 다시 한번 깨닫는다. 인생은 선택의 연속이며 어떤 선택이든 그것은 삶의 일부가 된다는 것. 무엇보다 중요한 것은 선택의 결과보다도 그 과정을 통해 어떤 사람이 될 수 있는가이다. 지금 이 순간에도 우리 앞에는 수많은 갈림길이 있다. 때로는 용기 있게 새로운 길을 나아가며 지난 시간은 잊어야 한다.

나의 인생에 공짜는 없었다. 요행도 없었다. 하루하루 평범하게 살아가는 것이 세상에서 제일 어려운 것이라는 사실을 인생의 시계 반을 돌고 나서야 알았다. 다람쥐 쳇바퀴 돌듯 돌아가는 안정적인 삶을 살아갈지 아니면 수많은 사건과 사고를 헤쳐 나가며 천국과 지옥을 오가며 진취적으로 살아갈지는 온전히 자신의 몫이다.

나 역시 수많은 선택을 하면서 살아왔다. 이

른 나이에 독립, 빠른 결혼, 육아, 직장 생활, 사업…. 곳곳에 선택의 기로가 놓여 있었고 그때마다 내 의지대로 살아왔던 것 같다. 삶에 끌려가기보다는 주도적으로 끌고 왔다는 생각이 드는 것은 나의 오만함일까….

그래서일까 문득문득 피로감이 몰려온다. 아직은 죽어도 여한이 없다고, 이 한 세상 잘 놀았다고는 말할 수 없을 것 같다. 여전히 나는 무언가 계속 결핍되어 있고 무엇 때문인지 알 수 없지만 늘 목이 마르다. 매번 채웠다고 생각했는데 돌아보면 여전히 아무것도 남지 않은 삶. 채워지지 않는 허기진 그 무엇인가 매번 나를 붙들어 세웠다. 그때마다 멈추지 않고 앞으로 걸어 나갈 수 있던 것은 어떤 상황에도 선택의 결과를 최상의 것으로 만들기 위해 노력하는 삶의 태도에 있었다. 책임감이었다.

선택과 책임은 마치 새의 두 날개와 같아서

날개를 균형 있게 펼쳐야 우리는 하늘을 자유롭게 날 수 있다. 선택은 우리에게 꿈을 향해 나아갈 수 있는 용기를 주고 책임감은 우리의 꿈을 현실로 만들어 준다. 선택과 책임, 두 가지를 반복하면서 생을 이어 왔다. 매번 만족한 결과를 얻을 수는 없었지만, 실패한 결과에도 교훈을 찾았고 뒷걸음치지 않으려고 노력한 삶이었다.

나는 농담 삼아 국어와 수학을 잘했다고 한다. 나의 주제와 분수를 안다. 이 이치는 삶을 살아내는 동안 시간이 건네주는 힌트였고 경험이 준 답안이었다. 행복을 좇아 살아왔지만 그 과정 하나하나가 행복이었음을 이제 비로소 안다.

조각가는 완성된 작품만을 바라보지 않는다고 한다. 돌덩이를 다듬고 형태를 만들어 가는 과정 하나하나에 정성을 쏟는다. 삶도 마찬가지다. 결과에만 집중하기보다는 매 순간에 최선을 다해 선택하고 책임감 있는 과정을 즐길 때 비로소 삶의 아름다운 조각품을 완성할 수 있다고 믿는다.

| 열두 번째 용기 |

일기의 정원

그녀는 일기장에 자신의 하루를 털어놓으며
마음속 깊은 곳에 자리한 진짜 '나'와 마주한다.
세상의 시선, 사회가 정해 놓은 틀에 갇혀 있던
그녀는 일기장 안에서만큼은 진실하고
누구보다 행복하다.

창밖으로 스며드는 따듯한 햇살이 사라지고 어둠이 어슴푸레 몰려오는 시간. 저녁 노을이 남긴 붉은 잔해는 점차 희미해지며 하늘은 짙은 남색으로 물들고 건물들은 어둠 속에서 윤곽만을 드러낸 채 도시의 야경을 선물한다.

아침에 눈을 뜨는 순간부터 어두운 밤하늘을 보는 순간까지 수많은 사람들이 휴대전화를 손에서 놓지 않고 살아가고 있다. 눈을 뜨는 동시에 손에 쥐여지는 휴대폰 세상.

많은 사람들이 SNS 속 세상에서 하루를 시작한다. 그녀가 보기에 SNS 속 사람들은 모두 행복한 미소와 함께 멋진 풍경 속에서 여유를 만끽하는 듯하다. 맛있는 요리, 수집, 여행 등 수많은 좋아요, 하트 이모티콘이 진정한 관심이고 사랑인 것처럼, 마치 세상 모든 근심과 걱정은 사라진 유토피아처럼 보인다. 그들이 현실에서도 동일하게 행복할 수도 있겠지만 어쩌면 텅 빈 방 안에서 외로움에 떨고 있을지도 모른다. 진정한 행복은 좋아요 숫자로 결정되는 것이 아니라 진짜 자신 모습을 마주할 때 찾아온다는 것을 그녀는 안다.

그런 이유로 그녀는 일기장에 자신의 하루를 털어놓으며 마음 깊은 곳에 자리 잡은 진짜 나와 마주한다. 세상의 시선, 사회가 정해 놓은 틀에 갇혀 있던 그녀는 일기장 안에서만큼은 진실하고 누구보다 행복하고 자유롭기에 기록을 멈출 수가 없다.

처음에는 단순히 하루 일과를 기억하기 위한 수단으로 쓰기 시작했다. 몇 시에 일어났으며 기분은 어땠는지, 점심에 무슨 음식을 먹고 누구와 대화하였는지… 화가 잔뜩 났지만 아무 말도 쏟지 못했던 소심한 입술이 삼킨 말들을 노트에 쏟아놓기 시작했다. 어제 좋았던 사람이 오늘은 미워졌다는 이야기와 전혀 예상도 못한 사람과 절친하게 된 이야기까지…, 시간이 지날수록 일과 나열식의 기록이 감정과 생각에 대한 기록으로 변화되었고 고유한 이야기가 생기기 시작했다.

낡은 책상에 앉아 펜을 드는 순간. 종이 위로 사각사각 펜들이 춤을 춘다. 글자들이 넘실넘실 살아 숨 쉬는 듯 움직이기 시작한다. 하루의 감각을 시로 엮어내고 사람들의 다정함을 그녀만의 언어로 담아내며 하루를 마무리한다. 수많은 희로애락이 새끼줄 엮어 놓듯 그녀의 일기장 안에 자리 잡기 시작하였다.

그녀의 글은 꽃잎에 맺힌 영롱한 이슬처럼 반짝이는 것으로 가득했다. 때로는 서정적이었고 때로는 격정적인 폭풍우처럼 휘몰아치며 세상과 마주하고 싶은 욕망을 여과 없이 일기장에 쏟아부었다. 오늘 하루 어떤 감정을 느꼈고 무엇이 넘쳤고 무엇이 부족했는지 돌아보는 시간은 삶을 향한 물음표가 느낌표로 바뀌는 마법 같은 순간이었다. 그녀의 평범한 하루는 특별한 하루로 변화되어갔다. 그녀의 마음을 반짝이기 시작했다. 좋아요가 없어도 심연 밑바닥에 새살이 돋아나는 것처럼 간질거리는 기분만으로도 충분했다.

다꾸 다이어리 꾸미기는 일기 쓰기를 더욱 풍요롭게 만들어 주는 선물 상자 같았다. 손 글씨, 스티커, 그림 등 다양한 재료를 활용하며 개성을 담은 페이지를 만들어 가는 과정은 마치 예술 작품을 만드는 듯한 즐거움을 선사했다. 색색의 스티커와 마스킹 테이프, 다양한 펜으로 꾸며진 다이어리는 하루의 소중한 기억을 더욱 특별하게 만들어 주었다.

하루를 사유하며 기록한 후에 새로운 색감과 아기자기한 재료를 가위로 오리고 붙이는 단순한 과정은 그녀의 지루한 일상에 활력이 되었다. 몇 시간씩 책상에 앉아 있어도 힘든 줄 모르게 했다.
하루를 호주머니 속에 소중히 넣어둔 기분이 들었다.

바쁜 하루 속에 의미를 부여하는 시간.
신이 인간에게 공평하게 준 24시간 하루.

어떤 이는 감사로, 어떤 이는 투덜거림으로
어떤 이는 불안한 마음으로 혹은 아무 생각 없이
하루를 마무리할 것이다. 그녀는 자신을 알아가
는 과정이 가끔은 두렵게 느껴지기도 하고 여전
히 자신에게 확신이 없지만, 일기라는 세계가 세
상을 향해 한 걸음 나아갈 수 있는 힘을 준다는 것
을 안다. 그녀는 매일 밤, 따뜻한 차 한 잔을 마시
며 끄적이던 문장들을 바라본다. 그 문장들이 그
녀를 살리고 나아가게 하는 힘이라는 것을 안다.
그녀의 하루가 살아 숨 쉬고 있는 일기장.

그녀는 알 것이다. 삶은 흐르고 흘러 어느 지점에서는 멈추는 때가 온다는 것을. 그 순간이 올 때까지 사랑하는 부모님께 물려받은 귀한 생명을 건강하게 유지하며 살아가야 한다는 것을. 먼저 여행 떠난 사람들을 다시 만나 함께 웃는 그날까지 행복하게 살아가는 것이 무심히 받은 사랑에 대한 보답임을.

그렇기에 오늘 하루도 그녀는 마음을 반짝이는 무언가를 발견하고 다정함을 나눈다. 함께 하는 사람들과의 관계 속에서 기쁨을 누리는 삶이야말로 마음을 드러내는 것이라는 것을 믿는다. 그러기에 자신을 마주하는 시간, 일기 쓰기를 멈출 수가 없다는 것을 안다.

깊고 짙던 계절

영원히 깨어날 수 없을 것 같던 계절

| 열세 번째 용기 |

언니의 계절

그제야 언니가 보인다.

양팔에는 파스를 붙이고 허름한 체육복에

슬리퍼, 헝클어진 머리….

언니도 나처럼 두려움과 공포가 몰려왔을 것이다.

휴대전화 벨 소리와 함께 언니라는 메시지가 눈에 들어온다. 어느 순간부터 엄마 병이 악화될수록 언니의 전화는 나에게 두려움과 공포가 되었다. 어제저녁 언니에게 급한 연락을 받고 응급실로 향하는 내내 마음이 너무 두렵고 떨렸다.

우리 가족은 엄마의 항암 치료를 포기하기로 했다. 포기라는 단어가 어떻게 생각될지는 모르겠지만 우리는 치료보다는 얼마 남지 않은 엄마의 시간을 선택하기로 했다. 남은 시간 동안에 엄마와 추억을 쌓기로 한 우리는 저마다 마음의 짐을 안고 일상을 살아가기로 했다. 젊은 사람도 견디기 힘든 항암의 고통을 알기에 항암을 선뜻 선택하기도 어려운 일이었다. 포기의 대가로 고통을 견디는 엄마를 지켜봐야 하는 벌을 받았다는 것을 우리 가족은 알고 있었다. 엄마를 보낼 준비가 되어 있지 않다는 미숙한 변명과 내 삶이 더중요했던 스스로가 짐승처럼 느껴지던 시절이었다.

간식을 먹는 도중에 엄마가 갑자기 의식을 잃었고 119를 불러서 병원에 도착했다는 전갈을 받고 정신없이 응급실로 향했다. 응급실은 코로나 여피로 한 사람의 보호자만 상주할 수 있어서 언니와 교대로 엄마를 볼 수 있었다.

"엄마?"
"괜찮아, 많이 놀랐지?"

엄마의 작은 목소리가 파르르 떨렸다. 하루가 다르게 점점 작아지는 엄마. 아니 쪼그라졌다는 표현이 맞을지도 모른다. 엄마의 모습에 눈물이 핑 돌았다. 엄마 앞에서 이러면 안 되는데… 어린 아이처럼 울음이 터져 버리고 말았다. 멈추려고 노력하는데도 의지대로 안 된다. 억장이 무너진다. 숨이 턱턱 막힌다. 잠시 고갤 돌리고 추슬러

본다.

이러면 안 된다…. 엄마 앞에서 이러면 안 된다…. 이런 나약한 모습을 보여 주어서는 안 된다.

짧은 몇 마디를 끝으로 엄마는 다시 깊은 잠에 빠지셨다. 하루 중 눈 떠 있는 시간보다 잠에 빠져 있는 시간이 더 많아진 엄마. 짧은 대화조차 점점 더 나누기가 힘들어진다. 병세가 심해질 때마다 말없이 통증을 참으시는 걸 알고 있다. 엄마는 자신의 병과 힘겹게 싸우고 있는데 나는 엄마의 고통을 마주 볼 자신이 없는 나약한 사람이라는 걸 알았다. 한심하고, 이기적인 나의 모습이 진저리 치듯 너무나 싫었다.

병원에서는 앞으로 더 자주 아픈 실 거라 하였다. 우리가 항암을 포기한 일이 잘못된 선택일까 봐 너무 두려웠던 계절이었다.

엄마는 잠시 깼다가 또 잠에 들었다. 그제야 언니가 보인다. 양팔에 파스를 붙이고, 허름한 체육복에 슬리퍼, 헝클어진 머리…. 언니도 나처럼 두려움과 공포가 몰려왔을 것이다. 내가 그랬듯 얼마나 무서웠고 놀랐을까! 다가가 안아주자 그제야 울음을 터트린다. 다른 사람들의 시선을 의식할 여력조차 없는 우리 둘은 부둥켜안고 엉엉 운다.

며칠 전에 본 언니의 카톡 메시지가 눈에 아른거렸다.

'내 인생에 가장 가치 있는 삶은 지금이다.'

하루 종일 엄마 곁에서 종일 음식을 준비하고 돌보는 일이 결코 쉬운 일이 아니다. 친척들은 다들 요양병원에 모시라고 했지만, 언니는 하는 데까지는 자신이 모시고 싶다고 하였다. 삶과 죽음 경계에 서 있는 엄마를 놓지 못하는 언니가 위대해 보였다. 나란 사람은 엄마가 고통스러워 하는 모습을 보는 것만으로도 힘겨운데 언니는 매일 웃고 우는 생활을 하고 있었다. 엄마 곁에서 24시간을 함께 보내면서 말이다. 돌봄의 힘은 어디서 나오는 걸까. 엄마에 대한 사랑일까? 애틋함일까, 미안함일까? 언니의 위대한 의지일까….

누가 뭐라 해도 나는 언니에게 빚을 지고 있다. 고마운 마음이야 두말할 것조차 없다. 내 생활을 포기하지 못하면서 내심 언니가 엄마를 돌봐 주기를 바라는 나의 이기적인 마음이 소름 끼치게 싫은 계절이 흘러가고 있다.

언니의 계절은 지금은 어디쯤 흘러가고 있을까?

엄마에게는 고통스러운 시간이겠지만 그럼에도 불구하고 조금 더 엄마와 시간을 보내고 싶어 하는 내가 이기적인 것은 아닌가 하는 생각이 든다. 그렇다 하여도 우리는 엄마를 조금 더 오래

볼 수 있다는 작은 희망으로 오늘 하루를 잘 버텨
내고 있다. 살아가고 있다.

엄마는 새벽 집에 돌아오셨다. 언니 집으로
향하는 발걸음에 불안 대신 안도를 심어본다.

엄마의 계절 (상)

봄이면 엄마의 거친 손은 유난히 바빴다.
옆구리에는 항상 연두색 소쿠리와 창칼을 끼고
산과 들에 온갖 나물, 쑥을 캐러 다니셨다.
봄을 알리는 냉이, 쑥, 두릅을 뜯어다가
반찬이며 간식 준비를 해주셨던 엄마….

누구나 가슴속에 아픈 계절을 품고 산다.

모든 생명이 자신만의 향기로 세상을 가득 채우는 5월의 봄밤. 흩날리는 아카시아 꽃향기가 공기처럼 주변을 맴돌고 부드러운 바람이 얼굴을 스치며 코끝을 간지럽힌다. 솜사탕처럼 한없이 달콤할 것 같은 싱그러운 나뭇잎이 잔잔하게 흔들리는 골목길.

일상의 소란스러움에서 잠시 벗어난 어두운 골목에 적막함이 내려앉고 희미한 달빛에 엄마의 그림자가 드리운다. 저 멀리 어깨가 축 처진 채 걸어가는 엄마의 뒷모습이 보인다. 엄마가 걸어가는 길을 한걸음, 한걸음 애잔한 마음을 포개면서 뒤쫓아 걸어가고 있다.

언제나 앞모습만 보았지, 엄마의 뒷모습을 보고 따라 걷는 것은 처음인 것 같다. 오늘따라 유난히 축 처진 어깨가 엄마의 삶의 고단함을 말해 주는 것 같아 먹먹함이 밀려온다. 검붉었던 머리카락 대신 어느새 흰 머리카락이 자리를 잡았고, 그것을 숨기려는 듯 항상 모자를 쓰고 다니셨던 엄마. 오늘따라 유난히 커 보이는 배낭 가방이 눈에 먼저 들어온다. 한없이 넓어 보이는 어깨는 왜 이리 작아지셨는지 살아 있는 모든 것은 영원할 수 없다는 자연의 섭리가 봉숭아 물처럼 내 마음을 붉게 물들이는 시간이었다.

"엄마?"
"우리 딸 이제 와, 배고프지?"

엄마의 인사는 항상 식사로 시작한다. 먹고사는 일이 고달팠던 엄마는 이웃들에게는 "식사는 하셨어요?" 라고, 아이들한테는 "밥은 먹었니?" 하고 물으며 다정함과 사랑, 안부를 전했다.
봄이면 엄마의 거친 손은 유난히 바빴다. 옆구리에는 항상 연두색 소쿠리와 창칼을 끼고 산과 들에 온갖 나물, 쑥을 캐러 다니셨다. 봄을 알리는 냉이, 쑥, 두릅을 뜯어다가 반찬이며 간식을 해주셨던 엄마. 그중 제일 으뜸은 김이 모락모락 피어나는 쑥버무리였다. 떡인 듯 떡이 아닌 것이 쌉싸름한 쑥 향기가 유난히 고소하게 느껴지던 떡.

엄마가 만들어 준 음식은 내게는 자신감이었고 세상과 연결된 통로였다. 엄마의 음식으로 친구들과 우정을 쌓고 이웃에게 다정한 마음을 전할 수 있었다.

"엄마, 아빠 생각나?"
"글쎄… 갑자기 왜 아빠 이야기를 해?"
"그냥 아빠가 아픈 몸으로 엄마한테 왔을 때
밉지 않았어? 우리 싫다고 떠났잖아.
어떻게 다시 받아 줄 생각을 했어?"
"불쌍해서지, 뭐."
"요양원에 모실 수도 있었잖아?"

"그러고 싶지 않았다. 네 아빠가 우리 곁을
떠난 것은 맞지만 그 몸으로 미안하다면서
돌아왔고 사실 네 아빠 마지막은 내 손으로
보내 주고 싶었어! 너희들 아빠잖아.
그것이…."
라고 하셨다.

 무심히 쏟아질 것 같은 말을 억지로 밀어 버린
다. 숨이 멎을 듯한 답답함이 온몸을 울컥하게 만
든다. 밀어 버린 말을 속으로 되새기는 것은 가슴
이 뻐근해지는 아픔 같다.
 나는 책임감 없는 아빠와 책임감이 강한 엄마
사이에서 태어났다. 내가 가정을 꾸려 보니 아빠
의 모순적인 모습은 더욱더 이해가 되지 않았다.
깊숙한 서랍 속에 숨겨 놓은 일기장처럼 아빠의
존재에 대해 말하고 싶지 않던 시절이 있었다. 그
러나 이해할 수 없는 감정도 아빠의 죽음 앞에서
는 한낮 아무 감정도 아니었다.

삶의 마지막 순간에는 한없이 나약하던 사람. 돌아가던 순간까지 병원 천장만 보지 않고 따스한 온기가 머문 집에서 생을 마감한 사람. 어쩌면 미워했던 만큼 너무나 그리웠던 것은 아니었을까. 이것이 핏줄의 힘일까…. 아빠를, 엄마는 사랑이라고 말하지 않았다. 다만 그것이… 라고만 하셨다. 자식들은 몰랐던 둘만의 애틋함이 분명 있었을 것이다. 부부란 그런 것이다.

엄마는 긴 시간을 간호했고 누워 있는 아빠를 대신해 가장 노릇까지 하셨다. 늘 아빠 곁에서 밤낮 뜨개질을 놓지 않으면서도 언제나 우리에게 따뜻한 세끼 밥을 차려 주셨던 엄마!

세상살이가 밝은 것이 아니라 엄마가 비추었던 세상이 아름다웠던 시절. 마음만은 가장 밝은 곳에 있던 봄 같은 시절이 있었다. 엄마라는 눈부신 빛이 있었기에 따뜻함을 느꼈던 그 모든 계절이 엄마의 사랑임을 안다.

엄마의 잔잔한 미소는 나의 마음에 고스란히 스며든다.

태풍의 눈처럼 한없이 고요한 순간에도 수많은 밀물과 썰물은 엄마의 인생을 할퀴어 버렸다. 가족의 모든 것들을 지키려고 안간힘을 내던 사람. 사부작사부작 늘 일을 하던 사람. 미련과 후회는 없었지만 불안을 떠안은 대가를 치르며 사셨던 엄마. 공중에 흩어지던 엄마의 말을 애써 부여잡으려고 마음이 꼼지락거리던 밤.

지금 나는 그때의 엄마 나이가 되었다. 남은 생에만 집중해도 서글퍼지는 나이. 작은 짐승처럼 울 수도 없고 노을을 보듯 넋 놓을 수도 없는 나이.

나에게 아팠던 어느 5월의 봄밤은 이제 제일 사랑하는 계절이 되었다. 어렸을 적 엄마가 해준 쑥버무리를 여전히 먹고 하얀 아카시아꽃과 이팝나무의 꽃잎을 보며 소소하고 일상적인 평화 속에 하루를 보낸다. 한때 두려움이었던 어두운 기억은 흔들리는 꽃잎처럼 마음의 상처를 흩날려 버렸다.

누군가의 도움을 애타게 기다리는 마음을 외면하지 않고 다정함을 전하려 노력하는 지금, 나는 이제는 아빠처럼 누워만 계시는 엄마의 삶을 대신해 오늘 하루도 열심히 살아내고 있다. 하루가 다르게 매일 작아지는 엄마의 모습과 다르게 나는 하루가 다르게 매일 성장하고 있다.

병원에 계시는 엄마를 두고 맛있는 음식을 사람들과 나누어 먹고 웃으며 일상을 살아가는 내가 어느 날은 징그러울 만큼 싫고 경멸스러워지기도 하지만 나의 괴로운 모습을 원치 않을 엄마를 생각하며 다시 한번 마음을 추스른다. 견딜 수 있는 마음의 여백을 남겨둔 채.

후회와 모순으로 영영 사라지고 싶은 순간에

도 나를 지탱해 주던 마음. 엄마라는 존재는 내게 그저 한없이 밝은 빛이 아니라 어둡고 컴컴한 터널을 묵묵히 나아가는 단단한 마음이었다. 어떤 상황에서도 용기와 희망을 잃지 않고 다시 시작할 수 있다는 것을, 엄마는 아픈 몸으로 직접 보여 주셨다.

겨울의 추위와 메마름이 물러나고 빛의 계절이 돌아왔다. 따스한 햇볕과 푸른 하늘이 있으며 엄마가 아직도 내 곁에 살아 계시기에 소중한 계절 봄.

봄의 찬란함이 잠시 머무르다가 사라져 버린다 해도 엄마의 사랑과 헌신은 나의 세상을 밝게 만들어 줄 것이다. 어렸을 적 엄마와 나누었던 대화가 유난히 생각나는 봄밤. 5월의 봄밤이 내 곁에 다시 찾아왔다.

엄마의 계절 (중)

엄마라고 불러만 보아도
마음에 눈송이가 흩날린다.
엄마의 움직임이 느껴지면
서러운 마음이 환해진다.

나는 요즘 잘 지내고 있다. 이 표현이 잘 맞는지는 모르겠지만 삶을 살아내고자 무척 노력하고 있다.

엄마는 결국 의식을 잃었다. 예견된 일이었다는 걸 알면서도 중환자실에 있는 엄마를 면회하고 돌아오면 하루가 휘청거린다.

엄마라는 단어를 앞으로 몇 번이나 더 불러 볼 수 있을까? 엄마의 의식 세계는 어디쯤 가고 있을까. 어디쯤 헤매고 계시는 걸까….

수없이 엄마를 불러 보지만 아무런 기척이 없으시다. 숨을 몰아쉬는 엄마의 얼굴이 힘겨워 보인다. 온몸에는 여러 줄이 달려 있다. 알 수 없는 의료 기계가 엄마의 영혼을 부여잡고 있다. 아니 어쩜 엄마가 한 가닥 숨으로 이생을 부여잡고 있는지도 모르겠다. 숨조차 힘겹게 쉬는 엄마를 위해 할 일을 생각한다. 물수건을 적셔서 엄마 팔이며 얼굴을 닦아 주며 생각한다.

사랑한다고 말해야 하나,

미안하다고 말해야 하나,

아니면 잠시만 안녕이라고 말해야 하나.

곧 우리 다시 만나자 하고 말해야 하나.

이생에서 고생 많았다고 이제 편히 쉬라고 해야 하나.

아니면 아직 준비가 안 되어 있으니 이렇게만이라도 좀 더 우리 곁에 머물러 달라고 말해야 하나…….

가족 걱정은 하지 말고 엄마만 생각하라고 가족들 건사는 내가 잘하겠다고 약속하겠다고, 이 모든 말들을 전부 전할까. 생각만 들뿐 입이 움직이지 않는다. 마음속에 많은 말들이 뒤엉켜서 입 밖으로 나오지 않는다. 겨우 나오는 말이라곤 엄마뿐이다.

엄마…!

엄마라고 불러만 보아도 마음에 눈송이가 흩날린다. 엄마의 움직임이 느껴지면 서러운 마음이 환해진다.

수많은 사람들한테 다정하면 무슨 소용인가. 정작 엄마한테 사랑한다고 미안하다고 제대로 말할 줄 모르는 무뚝뚝한 딸이 나인 것을. 왜 이렇게나 자신이 한심하고, 원망스러운지 모르겠다. 눈물이 뚝뚝 떨어진다.

넌 눈물 흘릴 자격도 없어 왜 우냐?

나의 또 다른 자아가 소리치는 모습이 보인다. 이제 와서 눈물을 흘리면 무슨 소용이란 말인가. 죄책감인가, 아니면 후회인가?

어른들이 왜 살아생전에 부모님과 많은 시간을 함께 보내라고 말씀하시는지 절실히 실감하게 되었다.

이미 돌아올 수 없는 시간을 부여잡고 울고 있다. 과거에 살고 있는 나의 모습이 징글징글하게 싫다. 나는 내 삶이 더 소중해서 엄마와의 시간은 뒷전이었다. 아픈 엄마의 모습을 보는 것이 너무 힘들다는 핑계를 대고 엄마는 언제든 내가 보고 싶을 때 가고 싶을 때 가면 만날 수 있는 존재라고 착각하며 살아왔는지도 모른다. 지난 나의 어리석음이 미치도록 싫었다.

"마음의 준비를 하셔야겠습니다."

의사 선생님을 볼 때마다 묻고 싶다. 도대체 마음의 준비를 어떻게 해야 하는지. 상담할 때마다 마음의 준비를 하시죠! 이 단어가 이토록 사람의 피를 말리는 소리인 줄 몰랐다. 세상에서 제일 듣기 싫은 말! "마음의 준비를 하시죠."

나는 지금껏 나 자신을 과소평가하고 살아왔

는지도 모르겠다. 나 자신이 외유내강인 줄 알고 살아왔는데 요즘 아무 때나 어디든 상관없이 불쑥불쑥 쏟아지는 눈물을 감당 못 해 혼자 있는 시간이 더 많아졌다. 사람들과의 만남을 피하는 내 마음을 나도 모르겠다.

늘 마음에 주문을 건다. 엄마와의 이별을 받아들이고 잘 보내 드리자. 그러기 위해서 나는 일상을 살아 내야만 한다. 밥을 먹고 잠을 자고 웃고 울고 다가오는 이 모든 것을 받아들여야 한다고. 수없이 주문을 걸지만 모든 것이 뒤죽박죽이다.

언니의 전화벨이 공포로 느끼는 요즘. 웃음에 진정성이 있든 없든 웃는 시간이 필요한 요즘, 그럼에도 불구하고 하루를 잘 살아 내고 엄마를 보러 갈 수 있음에 감사하다. 모든 감정이 뒤죽박죽이지만 잘 살아 내고 있다. 이것이 엄마가 나에게 보여준 사랑에 대한 보답이라고 합리화하며 살아가며 나는 생각한다.

하루를 살아 내자 잘 살아가자고.

엄마의 시간을 감사히 여기며 잘 살아 내자고.

그렇게 엄마를 잘 배웅하자고.

수 없는 말들에 주문을 거는 요즘, 나는 생각
보다 잘 지내고 있다.

엄마의 계절 (하)

주인 없는 방문을 열 때마다 엄마의 모습이

보인다. 곳곳에 남아 있는 엄마의 흔적들.

침대 옆 협탁 위에 놓인 물건들. 기저귀….

방긋 웃던 엄마의 환한 미소가 공중에 흩날린다.

보호자님 빨리 오세요! 어머니 위독하세요.

새벽 6시 00분. 간호사에게 걸려 온 전화. 벨소리와 함께 직감적으로 엄마가 위독하시다는 것 알았다. 본능적으로 뛰어나가 병원에 도착한 시간, 6시 15분.

남편의 차를 어떻게 탔는지 무슨 생각을 하고 병원까지 갔는지 잘 모르겠다. 병원에 도착했을 때는 이미 엄마는 하늘의 별이 된 후였다. 언니와 동생이 엄마를 부르며 오열하고 있었다. 그 곁에 의사 선생님이 계셨다.

"6시 15분 000 환자분 운명하셨습니다. 돌아가신 후에도 귀는 열려 있으니 마지막으로 하시고 싶은 이야기들 나누세요."

엄마의 얼굴은 어제와 다르게 너무나 평온해 보였다. 너무나 평온해 보여서 돌아가신 것이 맞는지 의심이 들 정도였다. 나는 퉁퉁 부은 엄마의 손에 나의 손을 포개고 얼굴을 쓰다듬었다. 따뜻한 체온. 엄마 냄새…….

이렇게 따뜻한데 돌아가신 것이 맞는지 물어보라고 동생을 닦달했다. 다시는 엄마를 볼 수도 만질 수도 없다는 현실이 나를 두려움 속에 허우적거리게 만들었다.

"엄마 미안해. 그동안 너무 고생 많았어.
가족들 걱정 말고 편히 쉬어 엄마!
엄마 딸로 살 수 있어서… 행복하고….
사랑하고….
미안하고… 고마워, 엄마…!"

오장육부가 아프다는 느낌이 이런 걸까. 가슴이 너무나 아프다 못해 정신을 놓을 것 같았다. 내가 무슨 말을 했는지, 엄마가 돌아가신 것이 어떤 의미인지 아직 실감도 못 했는데, 마지막으로 주어지는 엄마와의 시간은 너무나 짧았다.

엄마가 돌아가신 그날 하늘은 푸르다 못해 눈이 시릴 정도였다. 짙푸른 잎사귀들이 햇살을 받아 반짝이고 매미 소리가 요란하던 날. 엄마의 시간은 그렇게 멈추어 버렸다.

3일 뒤면 엄마가 돌아가신 지 한 달이 되는 날이다. 나는 아무 일 없다는 듯이 일상을 살아내려고 노력하지만 문득 엄마 생각이 날 때면 남몰래 눈물을 훔친다. 나는 과연 엄마에게 어떤 딸이었을까. 아픈 손가락이었을까, 장한 딸이었을까. 이기적인 딸이었을까…? 수만 번 시간을 되돌리고 싶어도 시간은 허락해 주지 않았다. 엄마의 부재는 여전히 나에게 익숙하지 않은 시간이다. 부재를 실감할 때마다 천천히 엄마를 추억해 본다.

기억 속 엄마는 언제나 따뜻했다. 내가 힘든 날이면 어김없이 달려와 나를 안아주시고 묵묵히 이야기를 들어주시던 든든한 버팀목이었다. 엄마의 품에 안겨 있으면 세상 어떤 어려움도 이겨낼 수 있을 것만 같았다. 하지만 이제 그 따뜻한 품을 느낄 수 없다는 사실이 가슴을 짓눌렀다.

주인 없는 방문을 열 때마다 엄마의 모습이 보인다. 곳곳에 남아 있는 엄마의 흔적들. 침대 옆 협탁 위에 놓인 물건들. 기저귀. 물티슈, 완성하지 못한 뜨개질. 늘 손에 쥐고 있던 인형이 주인을 잃은 채 놓여있고 방긋 웃던 엄마의 환한 미소가 공중에 흩날린다.

엄마 베개, 애지중지하던 사진첩, 지갑, 엄마 옷, 물건들. 모든 것이 엄마를 떠올리게 했다. 그 흔적들은 나를 더욱 먹먹하게 만들었다.

시간이 약이라는 말처럼 시간이 지나면 슬픔도 옅어질까? 이 먹먹함도 사라질까?

남은 가족들 잘 지키고 돌보고 우애 있게 살아가겠다고, 가족들과 행복하게 살아가겠다고…. 엄마에게 무언의 약속을 했다. 어쩌면 그 약속을 지킬 힘으로 이 시간을 버텨내고 견뎌내고 있는지도 모른다. 그러니 가끔 내 꿈속에 놀러 와 달라고, 우리 걱정은 하지 말라고, 정말 괜찮다고 잘 살아갈 거라고 엄마 딸로 태어나서 너무 행복했다고…. 꿈속에서라도 꼭 말하고 싶다.

엄마의 부재를 아직은 온전히 받아들이기 어렵다. 엄마는 멀리 여행을 떠나셨고 언젠가는 나 또한 이 여행을 해야 한다고, 우린 곧 만난다고 생각하기로 했다.

인생을 손바닥 뒤집듯이 할 수는 없지만 지금까지 살아온 방식과는 다르게 살아가는 것, 그것만큼은 엄마가 마지막으로 내게 남겨준 과제 같다. 앞으로 어떻게 살아야 할 것인가. 아직 해답을 찾지는 못했지만 질문을 받았으니 답을 찾기

위해 노력하고 있다. 엄마의 냄새가 그리운 시간
이 흘러가고 있다.

무더운 여름 어느 날 엄마가 밤하늘에 별이 됐
다. 많은 인디언 부족들이 죽음 이후에 영혼들이
다른 차원이나 세계로 떠나거나 혹은 자연의 일
부가 된다고 믿는다는 이야기를 책에서 읽은 적이
있다. 나도 엄마가 밤하늘의 별이 되어서 나를 내
려다보고 있다고 생각하고 싶다. 여전히 나를 반
짝이는 눈빛으로 내려다보고 있다고. 상실감에서
비롯한 어리숙한 생각일지는 몰라도 이런 생각은
내게 잠시나마 위로가 된다.

마치 씨앗이 땅속에 묻혀 겨울을 나고 봄이 되
어 새싹을 틔우듯 나도 슬픔이 주는 상실감에 잠
시만 머물고 있는지도 모른다. 하지만 나는 이 슬
픔을 뒤로 하고 다시 한 걸음 나아가야 한다. 엄마
가 고단한 삶을 피하지 않고 묵묵히 걸어온 것처

럼 나 또한 묵묵히 생을 마주 봐야 한다. 이것이 내가 엄마를 사랑하는 방식이다. 엄마에게 물려받은 다정함으로 나의 사람들과 길을 함께 걸어가는 삶 말이다.

틈

마치 한 폭의 그림에서 한 부분을 도려낸 듯
완벽했던 일상에 균열이 생기기 시작했다.
그 틈은 맨 처음에는 후회였고 아픔이었다.

엄마가 돌아가신 날 이후로 내 인생에 틈이 생겼다.

그날 이후로 집 안에 빈 공간이 생겼다. 주인 없는 엄마의 방문을 열 때마다 표현할 수 없는 그리움이 밀려온다. 방긋 웃으며 반갑게 맞아주는 엄마의 미소가 가슴을 울린다. 가슴속에 틈이 생긴다는 건 그 틈으로 먹먹함이 스며드는 것과 같다. 마음이 너무 허하여 그 공허함에 제대로 먹을 수도 잠을 잘 수도 없는 하루가 일상이 되었다.

엄마의 손을 조금만 더 잡아 줄걸, 엄마의 짧은 미소를 한 번이라도 더 볼 걸, 내 생활을 조금만 줄일걸, 좀 더 좀 더….

후회와 미련 가득한 손으로 엄마의 방문을 열어 본다. 병상에서도 틈틈이 웃어주던 엄마의 미소가 너무 그립다. 그리움이란 녀석은 아무 때나 예고 없이 닥치는 날벼락같은 것이다. 환하게 웃다가도 별안간 찾아와 울컥하게 만든다. 그리움은 눈물이 되어서 나를 다른 세상에 데려다 놓는다.

마치 한 폭의 그림에서 한 부분을 도려낸 듯 완벽했던 일상에 균열이 생기기 시작했다. 그 틈은 맨 처음에는 후회였고 아픔이었다. 엄마의 빈자리는 너무 커서 도저히 메울 수 없을 것만 같았다. 다만 세상은 엄마의 죽음을 알지 못했다. 한 사람이 사라져 버려도 세상은 눈 하나 깜짝하지 않았다. 현관문 밖을 나서면 세상은 아무렇지 않게, 오히려 더 아름답게 무던히 흘러갔다.

엄마의 시계는 멈추었지만 산 사람의 시간은 흘러가기에 나의 삶도 흘러갔다. 그 틈은 점차 다른 모습으로 변해갔다.

세상과 나와 엄마 사이의 틈.

처음에는 틈을 메우려고 안간힘을 썼다. 엄마가 즐겨 드시던 음식을 만들어 먹고 엄마가 좋아하던 트로트 가수 송대관의 노래를 들었다.

쨍하면 해 뜰 날 돌아온단다.
꿈을 안고 왔단다. 내가 왔단다
슬픔도 괴로움도 모두 모두 비켜라.
안 되는 일 없단다.
노력하면은 쨍하고 해 뜰 날 돌아온단다.

나도 모르게 쉴 새 없이 흥얼거리며 엄마와의 추억을 더듬었다. 하지만 아무리 애를 써도 빈자리는 채워지지 않았다. 그럴수록 그리움만 더 쌓여 갔다. 그제야 깨달았다. 틈을 메우려고 하는 것은 어리석은 일이라는 것을. 엄마는 이제 내 곁에 있을 수 없고 그 빈자리는 영원히 남아 있으리라는 것을. 엄마의 부재를 인정하기 싫었지만 인정해야만 하는 순간이 왔다는 것을 알았다.

엄마의 부재는 여전히 슬프지만 그 슬픔 속에서 나는 조금씩 단단해져야 했다. 내 안에서 살아 숨 쉬고 있는 엄마를 통해, 그 그리움을 통해 나는 더 강해질 것이다. 이제 엄마를 기억하기 위해서 나는 삶을 다시 세워 나가야 한다.

틈 사이로 새어 나오는 그리움은 고통스러웠지만 동시에 나를 더욱 성장시키는 원동력이 되었다. 먹먹함과 무기력을 끌어안으면서도 한편으로는 엄마의 사랑을 생각한다. 다섯 남매를 낳았지만 두 명의 자식을 가슴에 품어야 했고, 남편을 앞서 보냈지만 남은 가족을 위해 세상으로 한 걸음 한 걸음 나아가셨던 분. 언제나 햇빛을 듬뿍 받고 자라는 나무처럼 인생을 밝은 햇살 아래에 두려고 사부작사부작 노력하셨던 분….

단단하고 아름다웠던 엄마의 삶을 죽음에 양

보하고 싶지가 않았다.

아픔과 슬픔, 때로는 먹먹함과 후회가 물밀듯 밀려 오지만 엄마의 노래처럼 쨍하면 해 뜰 날 돌아온단다. 희망을 품고 살아야겠다는 생각이 들었다. 그리고 그 사랑을 어떻게 이어가며 살아갈지 고민하게 했다. 엄마의 부재를 슬퍼하기보다 엄마가 남겨준 사랑을 이어가는 것이 더 중요하다는 것을, 엄마의 빈자리를 채우려고 애쓰기보다는 엄마가 가르쳐준 것을 내 삶에 받아들이고 그 사랑을 나눠주는 것이 엄마를 기억하는 진정한 방법이라는 것을 깨달았다.

뜨끈한 국밥 한 그릇을 먹으면서 그리움을 달래는 내가 때로는 바보 같지만 다시 몸이 뜨끈해졌다. 마음이 뜨끈해졌다. 난 이 힘으로 또 살아갈 것이다.

벌어진 틈을 통해 삶의 의미를 되새기고 나를 더 깊이 이해해 보려고 노력 중이다. 자신을 들여다보려고 노력 중이다. 공허하지 않으려고 노력 중이다. 어둠 속에서 빛을 찾듯이, 아픔 속에서도 말이다.

나를 살게 하는 빛

마침내, 기어코 빛으로 나아가는 힘

| 열여덟 번째 용기 |

그럼에도 불구하고

혹독한 여름 속에서도 생명의 움직임은
멈추지 않았다. 아스팔트 틈새를 비집고 나와
꿋꿋하게 피어난 작은 들꽃들을 보며 미소가
번졌다. 땡볕 아래 시원한 그늘을 만들어 주는
푸른 나무들은 저마다의 방식으로
여름을 견뎌내고 있었다.

그녀에게 가장 좋아하는 단어를 꼽으라 말하면 아마 망설임 없이 '그럼에도 불구하고' 라고 말할 것이다.

올여름은 유난히도 길고 뜨거웠다. 마치 지구가 숨을 헐떡이는 듯한 숨 막히는 열기가 온 세상을 뒤덮었다. 매일 기록적인 폭염이 이어지고 열대야가 찾아와 잠 못 이루는 날들이 계속 되었다. 밤낮으로 에어컨이 가동되지 않으면 못 살 것 같은 더위.

지구가 우리에게 보내는 절박한 신호 같았다. 땡볕 아래 모든 것이 녹아내리는 듯했다. 아스팔트는 뜨거워 발을 디딜 수 없었고 나무들은 고개를 숙인 채 신음하고 있었다. 바람 한 점 없이 고요한 정적 속에서 시간은 유난히 더디게 흘러갔다.

길고 뜨거웠던 이 여름에 사랑하는 사람을 가슴에 묻었다. 한 걸음 한 걸음 더디게 걷고 있는 자신이 비현실적으로 느껴지는 그녀의 시간. 오늘도 잘 살았다는 생각보다 오늘도 잘 버텼다는 생각이 더 자주 들었다. 고단함 끝에 무기력이 함께 찾아와 끝내 깊은 우울감이 그녀를 잠식시켜 버렸다. 삶이 멈추었다.

"산 사람은 살아야 한다고,
남들 다 그렇게 산다고."

가족을 잃는다는 것은 그녀의 세상이 무너지는 것이었다. 마치 깊은 어둠 속에 홀로 남겨진 듯한 상실감과 슬픔은 그녀를 숨 막히게 하였다. 삶의 의미를 잃어버렸고 앞으로 나아갈 힘조차 사라진 무력한 날들의 연속이었다.

고통이 더해지는 순간이면 예민함도 함께 찾아와 그녀를 괴롭혔다. 도통 음식이 안 넘어갔고 무엇인가를 먹고 싶은 생각조차 들지 않았다. 배가 고픈 줄도 모르고 그저 제 삶의 방관자로 그저 하루를 버티고 있었다. 그러다가도 만일 삶과 죽음 사이에 영혼이라는 것이 존재한다면 이토록 무기력한 자신의 모습을 속상하게 바라볼 누군가를 떠올리니 정신이 번쩍 들었다. 병원을 찾아가 약을 먹고 심리 치료를 받고 사람들을 만나면서 조금씩 조금씩 제 자리를 찾는 기분이 들었다.

시작이라는 단어가 이렇게 좋은 것이었는지 새삼스럽게 느껴졌다. 커피를 마시기 시작하고 다시 친구들을 만나기 시작했다. 책을 읽기 시작하고 글을 쓰기 시작하면서 그녀만의 여름은 흘러가고 있었다.

혹독한 여름 속에서도 생명의 움직임은 멈추지 않았다. 아스팔트 틈새를 비집고 나와 꿋꿋하게 피어난 작은 들꽃들을 보며 미소가 번졌다. 땡볕 아래 시원한 그늘을 만들어 주는 푸른 나무들은 저마다의 방식으로 여름을 견뎌내고 있었다. 밤이 되면 어둠 속에서 은은하게 빛을 내는 반딧

불이는 마치 희망의 불씨처럼 느껴졌다.

'그럼에도 불구하고'라는 말이 절로 떠올랐다. 혹독한 환경 속에서도 꽃은 피고 곤충은 날아다니고 생명은 계속해서 이어져 가는구나! 마치 우리 인생과도 같다는 생각이 들었다. 힘든 시기를 겪더라도 우리는 저마다의 방식으로 살아가고 성장하고 앞으로 나가야 한다고.

때로 삶이 너무나 고되고 버겁게 느껴질 때면 사람들과 시간을 보내며 지냈다. 사람들과 함께 있을 때는 느끼지 못한 공허함이 혼자 있을 때는 그녀의 삶을 집어삼키기도 했다. 그럴 때마다 그녀는 그럼에도 불구하고,를 나지막히 읊조렸다.

'살아가야 한다. 밥을 먹어야 한다. 사람을 만나야 한다. 산책을 나가야 한다. 그럼에도 불구하고 살아가야 한다. 그럼에도 불구하고 행복할 수 있도록.'

사랑하는 사람의 멈춘 시간으로부터 생의 따뜻함을 이어받아 앞으로 한 걸음 나아가야 함을 그녀는 안다. 이것이 그분께 받은 사랑의 보답임을 말이다.

주부들의 은밀한 모임

저녁 8시 50분. 스마트폰 알람이 울린다.

북클럽 pages 책 낭독 모임. 저녁 9시의 위로다.

잠자리에 들기 전 우리는 컴퓨터 앞에 앉는다.

어둠 속에서 반짝이는 휴대전화 너머로

또 다른 세상이 열린다.

세상에서 아름다운 단어가 많지만 그중 '우리'라는 단어를 유난히 좋아한다. 우리 엄마, 우리 남편, 우리 딸 우리 친구, 우리 회사, 우리 책방 등… '우리' 라는 단어는 거대한 숲을 이루는 나무와 같다. 깊게 내린 뿌리처럼 서로 얽혀 있고 튼튼한 줄기처럼 서로를 지지하며 무성한 가지처럼 함께 성장시켜 주며 거목을 이룬다.

서로를 향한 믿음과 사랑이라는 빛으로 연결되어 마음을 단단히 밝혀 주는 말. 우리.

저녁 8시 50분, 스마트폰 알람이 울린다. 북클럽 pages 책 낭독 모임, 저녁 9시의 위로다. 밤 9시 잠자리에 들기 전 우리는 컴퓨터 앞에 앉는다. 어둠 속에서 반짝이는 휴대전화 너머로 또 다른 세상이 열린다. 그곳에는 같은 시간에 같은 책을 읽고 있는 주부들이 있다. 우리는 매일 밤 줌(Zoom)이라는 인터넷 가상공간에서 만나 각자의 목소리로 책을 읽는다.

낮 동안 끊임없이 돌아가던 일상의 시곗바늘이 멈추는 시간이다. 일을 끝내고 돌아와 아이들 재우고 설거지하고 남편 챙기고… 쉴 새 없이 움직이던 손과 발을 멈추고 마음 편히 책에 집중할 수 있는 시간. 이 시간만큼은 다른 누구도 아닌 자신만을 위한 시간이다.

종이가 부드럽게 넘어가는 소리, 서로 다른 목소리로 읽어나가는 글귀들이 어우러져 아름다운 화음을 만들어낸다. 마치 한 편의 동화를 읽는 듯하다. 때로는 잔잔한 감동에 젖어 눈시울을 적시기도 하고 때로는 유쾌한 이야기에 함께 웃기도 한다. 아름다운 오케스트라처럼 각자의 목소리로 한 편의 멋진 곡을 연주하는 것 같다.

책장을 넘기며 문장 하나하나에 집중하는 순간, 세상의 소음은 잠잠해진다. 저자의 생각과 감정에 공감하며 다른 세상 속으로 깊이 빠져든다. 책은 마치 따뜻한 차 한 잔과 같아서, 마음을 편안하게 해 주고 지친 영혼을 위로해 준다.

　어린 시절처럼 그림책 속 주인공을 따라 모험을 떠나기도 하고 인생의 의미를 고민하며 철학서를 읽기도 한다. 소설과 에세이 혹은 자기 계발서, 인문서 한 권 한 권 독파해 가며 새로운 책을 읽어 나가는 우리는 책벌레다.

　책과 함께 오늘 있었던 일과 함께 각자의 삶을 나눈다. 서로 다른 환경에서 살아가지만 책을 통해 하나가 되는 경험은 큰 위안이 된다. 밤 9시, 온라인, 책 낭독 모임은 하루의 끝이자 동시에 새로운 시작이다. 어둠 속에서 빛나는 휴대전화 너머로 우리는 서로에게 가장 따뜻한 위로를 건넨다. 오늘도 수고했어요. 감사합니다, 라는 말과 함께.

　이 짧은 위로로 오늘 하루를 잘 살아냈다는 생각과 내일을 시작할 힘을 받는다. 서로의 이야기를 경청하며 외롭지 않다는 것을 느낀다. 우리는 각자의 삶 속에서 고군분투하고 있지만 함께 연결되어 있다는 사실만으로도 힘이 된다.

처음 이 모임을 시작했을 때는 단지 책을 좋아하는 사람들끼리 모여 서로의 독서 경험을 공유하고 싶었다. 그러나 시간이 지날수록 모임은 단순한 독서 모임을 넘어 새로운 세상을 향한 작은 모험이 되었다.

때로는 서로 다른 취향의 책을 추천해 주기도 하고 때로는 같은 책을 읽고 감상을 나누기도 한다. 이 작은 모험을 통해 우리는 단순히 책을 읽는 것에서 나아가 서로의 삶을 공유하고 새로운 사람들을 만나고 세상을 더 넓게 바라볼 수 있게 되었다. 앞으로도 우리는 계속해서 책과 함께 떠나는 모험을 이어나갈 것이다. 새로운 도시, 새로운 서점, 그리고 새로운 책들과 함께 이어지는 만남은 우리에게 끝없는 설렘과 기쁨을 선사할 것이다.

우리의 이야기는 계속된다. 책을 매개체로 우

리는 서로의 상처를 보듬고 함께 성장해 나갈 것이다.

모임의 리더 늘해랑 , 야무지고 지혜로운 퍼플언니, 인자하고 다정한 맏언니 행복한 보리 언니, 우리의 재정을 책임지고 있는 총무인 소원 님, 자연을 사랑하고 삶을 사랑하는 그릿한 언니, 요리를 사랑하고 일을 사랑하는 쑤니 님, 자연과 인생을 즐길 줄 아는 파란칠판언니, 신입회원 럭희님, 희정님 그리고 나 볕뉘.

10명의 대한민국 아줌마의 세상을 향해 외치는 작은 목소리가 얼마나 아름다운지 관심이 있는 이들의 참여도 기다린다. 작은 용기만 있으면 다른 세상을 경험하게 되리라고 확신한다. 누구도 알지 못하는 마음을 서로 나눌 수 있어서 얼마나 큰 위로가 되는지. 북클럽 멤버들을 그 누구보다 사랑한다.

또 다른 집, 동네 책방

책방 문을 열 때마다 이상한 나라의 앨리스가 되어

다른 세계의 토굴 속을 여행하는 기분이 든다.

가진 것 하나 없어도, 책 한 권이면

만석 부자가 부럽지 않은 곳.

내가 읽고 싶은 책들이 있는 곳.

매미가 요란하게 울어대는 여름, 뜨거운 햇살에 달궈진 아스팔트 위를 걷다 보면 숨이 헉헉 막힌다. 퇴근 후 집으로 향하는 발걸음을 잠시 멈추게 하는 곳 책방! 동네 서점이다.

한적한 동네 끝자락 빨간 벽돌집 1층. 따뜻한 불빛이 새어 나오는 곳, 책방 문을 조심스럽게 연다. 낡은 나무 계단을 한 걸음씩 오르면 익숙한 책 냄새가 코끝을 간지럽힌다. 마치 오랜 친구의 집에 온 듯 편안함. 가장 먼저 반갑게 날 맞이하는 것은 책이 아닌 책방 주인이다.

예쁘고 선한 얼굴에 미소까지 아름다운 지기님은 늘 진심으로 손님들을 맞이한다. 세상의 고단함을 한순간에 잊게 만드는 천사 같은 미소는 날이 서있던 마음을 몽글몽글하게 만들어 준다. 이곳 동네 책방은 단순히 책을 파는 곳을 넘어 내게는 또 다른 집과 같은 공간이다. 피를 나눈 가족보다 끈적끈적한 무엇이 있는 곳, 나는 이것을 정또는 다정함이라 말하고 싶다. 사람이 모이는 곳. 소통하는 곳. 책을 읽는 곳. 마음을 반짝거리게 하는 곳.

책방 문을 열 때마다 이상한 나라의 앨리스가 되어 다른 세계의 토굴 속을 여행하는 기분이 든다. 가진 것 하나 없어도, 책 한 권이면 만석 부자가 부럽지 않은 곳. 내가 읽고 싶은 책들이 있는 곳. 책장 사이사이를 거닐며 책등을 바라보는 시간은 마치 시간의 강을 거슬러 올라가는 뱃사공이 된 듯하다. 잊고 있던 옛 추억, 가슴 설레던 감정. 잠들어 있던 기억 하나 하나의 그리움을 소환해 온다.

어느새 창밖이 어둑해지고 가로등 불빛이 은은하게 책방 안을 비춘다. 책장에 기대어 앉아 책을 읽는 사람들, 조용히 책을 고르는 사람들, 따뜻한 차를 마시며 이야기꽃을 피우는 사람들. 모두가 시간이 멈춘 듯 평온한 모습이다.

시간이 흐르는 속도가 다른, 또 다른 세상으로 향하는 문. 동네 책방.

틈틈이 작은 여행을 할 수 있는 곳이 가까이에 자리하고 있다는 사실에 행복하다. 책방은 나에게 쉼터이자 나만의 작은 우주다. 혼자만의 시간을 보내고 싶을 때나 누군가의 위로가 필요한 날이면 여지없이 책방으로 퇴근한다.

푹신한 의자에 앉아 좋아하는 책을 읽고 시원한 커피 한 잔을 마시면 세상 부러운 것이 없다. 이토록 소중하고 값진 시간을 다른 이들에게도 선물해 주고 싶다. 때로는 책방에서 만난 이들과 소소한 일상 이야기를 나누며 새로운 인연을 맺기도 한다. 책방은 나의 삶에 작지만 큰 영향을 미치며 나를 성장시켜 왔다. 자주 오는 단골손님들과 일상을 나누는 시간이 나에게는 행복이다.

나와 너로 만나 우리가 되는 서사.

우리라는 단어 속에는 서로를 향한 믿음과 사랑, 무한한 결속력이 있다. 믿음과 사랑이라는 빛으로 연결되어 마음을 단단히 엮어 흔들림 없는 믿음을 만들어 내는 공동체다. 세상 아름다운 단어. 우리.

그러나 우리 동네 책방들이 점점 사라져 가고 있다. 대형 서점이나 온라인 서점이 늘어나면서 사람들은 더 이상 우리 동네 책방을 찾지 않는다. 세상이 빠르게 변하면서 종이책보다 전자책을 더 찾고 온라인 주문이 당연해지고 있기 때문이다. 책을 단순히 정보를 얻는 도구로만 생각하는 사람들이 많아지면서 책방의 가치가 점점 잊혀 가고 있는 것 같다.

우리 동네 책방들이 조금씩 사라져 가는 것이 안타깝다. 책방은 단순히 책을 파는 곳이 아니라 사람들과 소통하고 지식을 공유하며 문화를 형성하는 중요한 공간이다. 또 하나의 집이라고 생각한다. 삶을 풍요롭게 만들어주고 정신적인 성장을 돕는 소중한 공간이다.

그리하여 동네 책방들이 그 모습 그대로 우리 곁에 남아 있기를 바란다. 더 많은 사람들이 동네 책방을 직접 찾아주길 바란다. 작은 관심과 실천이 책방을 살리고 더 나아가 우리의 삶을 더욱 풍요롭게 만들어 줄 것이다.

이제 내게 책방은 단순히 공간이 아니라 여러 삶을 이어주는 따뜻한 끈인지도 모른다. 나는 이미 이 여행을 시작했고 멈출 생각이 없다. 내가 동네를 떠나지 않는 한 변함없이 나의 영혼의 안식처가 되어줄 바베트의 만찬, 한쪽 가게 즐거운 커피, okay.slowly, 버찌 책방. 머물다 가게, 다다르다. 타라북스, 어쩌다 산책, 카프카…… 수많은 책방지기님들에게 박수를 보낸다. 이 모든 다정한 여행은 당신들 덕분이라고.

나의 동네, 나의 책방들

바베트의 만찬 대전시 서구 갈마동 773

관계와 영혼의 허기를 채우는 책방.

책과 동물과 사람이 어우러진 곳. 독서 모임 맛집.

한쪽가게 즐거운 커피 대전시 서구 신갈마로 181번길 24-23

읽는 사람을 위한 작고 조용한, 마법 같은 공간.

버찌책방 대전시 유성구 반석로 142번길 15-38

책이 채우고 사람이 완성하는 곳. 더불어 읽는 우산봉
아래 책방.

okay slowly 대전 유성구 유성대로828번길 52 1층

필름 사진, 문구류를 다루는 대전의 편집숍.

책에 진심인 따스한 공간.

머물다 가게 대전시 동구 동대전로 154번길 39

책방을 위해 작은 주택의 매입한 책방.

책과 사람에 진심인 곳.

다다르다 대전시 중교로 73번길 6 1층 2층

성심당 근처 책방. 우리는 다 다르고, 서로에게 다다를
수 있다는 의미의 이름을 가진 곳.

타라북스 충북 옥천군 옥천읍 상야 1길 40-4

넓은 정원을 가진 책방. 엄마 같은 지기님이 운영하는
예술과 전통이 숨 쉬는 공간.

어쩌다 산책 논산시 시민로 258번길 8

어쩌다 만난 책방에서 책 사이사이를 산책하는 곳.
커피와 책에 진심인 지기님이 로스팅을 직접 하는 곳.
책꽂이가 탐나는 곳.

카프카 전북 전주시 완산구 중앙동 4가 47-1

한옥 마을 근처 서점. 카프카를 애정하는 지기님이
운영하는 카프카 컨셉의 책방. 식물멍이 최고인 곳.

잇다 충남 공주시 웅진로 145-1 1층

사람과 책을 이어주는 공간. 선한 지기님이 운영하는
아담한 공간. 제민천 보고 쉬어가기 좋은 곳.

| 스물한 번째 용기 |

자신에게 다정하기

개와 늑대가 구분이 안 되는 어둠이 몰려오는 시간!
어쩜 나의 인생도 지금, 이 시간을 견디고 있는지도
모르겠다. 이 시간이 지나야만 내가 누구인지,
무엇 때문에 살고 있는지, 원하는 것이 무엇인지
분한 것이 무엇인지 분명해질 것이다.

만성이 된 공황장애는 날씨의 영향을 무척 많이 받는다. 다른 사람들은 어떨지 모르겠지만 나 같은 경우는 특히 더하다. 비가 오면 다행인데 어제같이 맑은 하늘에 스멀스멀 어둠이 밀려오면 여지없이 공황장애 발작이 일어난다. 발작이라는 표현 자체가 조금은 우습지만 남들은 모르는 나만의 증상이 밀려온다.

우선 두통이 심하다. 그다음에는 심장이 미친 듯이 널뛴다. 의지하고는 상관없이 고장 난 그네 같다. 처음에는 이러다 죽겠다 싶어서 병원 응급실로 뛰어다니기에 바빴다. 하지만 어떠한 검사를 받든 결과는 정상이었다. 선생님께서 정신 건강 의학과에 외래 진료를 받아 볼 것을 권하셨을 때 나의 마음은 완강히 거부했다.

'내가 정신병이라고? 에이 설마, 나 같이 초 긍정적인 사람이 왜? 마음에 불안이라고는 일도 모르는 나인데 오진이겠지, 내가 연예인도 아니고

분명 다른 이유일 거야 안 믿어.'

자꾸만 밀어냈다. 그러나 시간이 지날수록 증상은 더더욱 심해졌다. 온몸에 식은땀은 둘째치고 문밖으로 나갈 수 없는 상황까지 이르렀다.

처음에는 단순 어둠이 무섭기 시작하였다. 어두워지기 전에 무조건 귀가하기 시작하였다. 12시 신데렐라가 아닌 5시 신데렐라처럼. 개와 늑대에 시간이라고 저 어둠 건너편에 서 있는 것이 개인지 늑대인지 구분이 잘 안되는 시간이 올 때쯤이면 서둘러 집으로 들어가야 했다. 같은 증상을 몇 년째 버티다가 결국 문밖으로 나가지 못하는 상황에 이르러서야 병원을 찾았고 공황장애라는 진단을 받았다. 약을 먹고 점점 나아지는 것을 보고 나서야 병을 받아들인 못난 사람이었다.

의사 선생님은 보통 공황장애는 책임감이 강하고 완벽주의자에게서 증상이 많이 나타난다고 하셨다. 때론 어깨에 진 무거운 짐을 주변 사람들 혹은 가족들과 나누어 짊어질 줄도 알아야 한다며 약 복용과 함께 심리 치료도 병행하게 되었다.

개와 늑대가 구분이 안 되는 어둠이 몰려오는 시간.

어쩜 나의 인생도 지금, 이 시간을 견디고 있는지도 모르겠다. 이 시간이 지나야만 내가 누구인지, 무엇 때문에 살고 있는지, 원하는 것이 무엇인지, 분한 것이 무엇인지 분명해질 것이다. 먹고 사는 일이 바빴고 남들에게 피해를 주지 않으려고만 노력하면서 살았다. 열심히 살다 보면 남들만큼은 하고 살 거라는 생각으로 모든 기준이 남들에게만 맞추어진 미숙한 시간이었다.

행복의 기준을 외부에서만 찾던 나에게 자신을 돌아보게 하고 어떤 삶이 행복한 삶인지 일깨워준 나의 병, 공황장애.

여전히 나는 삶이라는 예측불가한 시간 속에 살아가지만 예전처럼 응급실을 뛰어다니지는 않는다. 증상이 나타나면 '흠. 또 왔군, 친구. 우리 조금만 버텨볼까?' 하고 나 자신을 타이른다. 30분에서 1시간 정도 지나면 거짓말처럼 증상은 사라진다. 우울함이 나를 잠시 잠식시켜도, 발작이 찾아와 숨을 못 쉬어도 이 모든 것은 지나간다는 것을 알았다. 증상이 가라앉지 않더라도 약의 도움을 받아서 안정을 찾을 수 있다는 것을 몸은 알고 있다.

가족, 타인보다 자신을 먼저 생각한다는 것이 때론 미안한 마음이 들다가도 내가 올바르게 곧게 서야 가족이나 타인에게 피해를 주지 않는다는 것을 알기에 그 누구보다 나 자신에게 친절하고 다정해지려고 노력 중이다. 친절도 연습이 필요하다는 것을 알았고 지금이 그런 시간이라는 것을 인지하고 있다.

모든 것을 외부에서만 찾았던 미숙한 사람. 남들에게 내가 어떤 사람으로 보일지가 중요했던 어리석은 사람. 부족한 모습을 서툴게나마 바꿔가려고 노력하는 사람이 나라는 사람이다.

한때 타인에게 인정 받기 위해 무던히 애썼지만 이제는 모두가 나를 좋아할 수 없다는 사실을 받아들였다. 나와 결이 맞고 나를 사랑해 주는 사람에게 마음과 시간을 쏟아야 한다는 것을 안다. 더이상은 타인이 나를 어떻게 평가하든 개의치 않는다. 그건 그의 마음이지, 나의 마음이 아니기 때문이다. 다만 나조차도 인식하지 못한 채 무수히 쏟아냈던 감정의 파편과 무지한 행동이 망각의 강을 건너 누군가에게 상처를 주었다면 고개 숙여 미안함을 전하고 싶다.

나는 오늘도 불안한 마음과 나를 반짝이게 하는 마음과 여전히 사투 중이다. 미성숙했지만 끝까지 나에게 손을 내밀어주었던 나 자신에게 고맙

다고 말하고 싶다. 아침에 일어나 거울을 보고 주
문을 걸어 본다. 두 손으로 입꼬리를 올리며 오늘
하루도 행복해지자고, 오늘 하루도 나답게 살아
가자고. 나의 삶은 여전히 병과 함께 ING이다.

| 스물두 번째 용기 |

빗방울만큼의 희망

비가 추적추적 내리는 어느 날,

평소보다 일찍 퇴근했다. 퇴근길은 흥건히 젖은

도로와 함께 왠지 모르게 어수선했다.

우산을 쓰고 천천히 걷고 있는데

갑자기 하늘에서 무언가가 떨어지는 것이 보였다.

빗줄기가 창을 때리는 소리에 눈을 떴다. 흐릿한 창밖을 바라보며 오늘 하루는 어떤 모습일지 잠시 상상해 본다.

이전에는 비 오는 날이면 왠지 모를 우울감에 휩싸였다. 눅눅한 습기와 흐릿한 세상이 마음마저 축 처지게 했다. 특히 우산을 쓰고 빗길을 걸어야 할 때면 더욱 그랬다. 가벼운 우산이 어깨를 짓누르는 듯하고 빗방울이 옷에 떨어지는 소리가 마치 마음을 울리는 것 같았다. 하지만 얼마 전 사건 이후로 나는 비 내리는 날이 좋아졌다.

비가 추적추적 내리는 어느 날, 나는 평소보다 일찍 퇴근했다. 퇴근길은 흥건히 젖은 도로와 함께 왠지 모르게 어수선했다. 우산을 쓰고 천천히 걷고 있는데 갑자기 하늘에서 무언가가 떨어지는 것이 보였다. 다행히 우산이 있어서 머리 위로 떨어지지 않았지만 순간 너무 놀랐다.

하늘에서 떨어진 물체의 정체는 다름 아닌 빨

간색 풍선이었다. 풍선에는 '생일 축하합니다'라는 글씨가 큼지막하게 쓰여 있었다. 주변을 둘러보았지만, 풍선의 주인은 찾을 수 없었다. 아마도 어떤 커플이 실수로 풍선을 놓친 것 같았다. 풍선을 손에 쥔 채 괜스레 웃음이 나왔다. 혹시 이 풍선의 주인을 만날 수 있을까? 만약 만난다면 어떤 이야기를 나눌 수 있을까? 하는 상상으로 주변을 걸어 다녔지만 끝내 풍선 주인은 만날 수가 없었다. 이날 이후로 나는 비 오는 날이 싫지 않았다. 풍선의 주인을 찾는 내 마음이 설렘으로 가득했기 때문이다.

어떤 이에게 비는 쓸쓸함과 고독의 상징이다. 흐릿해진 세상처럼 앞날이 잘 보이지 않고 눅눅한 습기는 마음마저 축 처지게 만든다. 빗소리는 그들의 외로움을 더욱 부각하고 빗방울은 흘러내리는 눈물처럼 느껴진다. 반면 어떤 이에게 비는 설렘과 로맨스의 시작이다. 빗소리에 맞춰 멜로디를 흥얼거리고 빗방울이 떨어지는 창밖을 배경으로 사랑하는 사람과의 추억을 떠올린다. 빗길을 함께 걸으며 우산을 나눠 쓰는 순간은 그들에게 가장 아름다운 기억으로 남을 것이다.

나는 왜 비 오는 날이면 항상 우울했을까? 빗소리에 귀 기울이고 빗방울이 떨어지는 모습을 가만히 바라보면서 스스로에게 질문을 던졌다. 그때 비로소 비가 내리는 날에도 행복할 수 있다는 사실을 깨달았다.

비는 자연의 현상일 뿐이다. 그러나 우리는 그 안에 각자의 의미를 부여한다. 비가 내리는 날이면 누군가는 슬픔을 느끼고 누군가는 행복을 느낀다. 중요한 것은 어떤 감정을 느끼느냐가 아니라 그 감정을 어떻게 받아들이는 지다.

나는 더 이상 비 내리는 날을 우울해하지 않는다. 빗방울 소리에 귀 기울이고 나만의 세상을 만든다. 비가 오면 따뜻한 차 한 잔을 마시며 좋아하는 책을 읽는 것. 빗소리를 배경으로 음악을 감상하는 것. 우산을 쓰고 혼자만의 산책을 즐기는 것. 이 모든 것이 나에게는 행복이 되었다. 비가 내리는 날이면 나만의 시간을 갖고 나를 돌아볼 기회를 얻었다.

비는 나에게 또 다른 시작을 알리는 신호이다. 빗방울이 떨어지는 소리에 맞춰 나의 마음도 새롭게 피어난다. 이제 비가 오는 날이면 우산을 쓰고 산책한다. 처음에는 습한 날씨에 인상을 찌푸렸지만 잠시 후 빗소리에 귀를 기울이기 시작한다. 투명한 우산 위로 떨어지는 빗방울 소리는 마치 자연이 연주하는 아름다운 곡 같다. 빗방울이 떨어지는 모습을 가만히 바라보니 마음이 차분해지고 평온해진다.

길가의 나무들은 빗방울을 머금어 더욱 싱그러워 보인다. 잎사귀들은 빗방울 무게에 살짝 흔들리며 반짝인다. 빗방울이 떨어지는 소리와 함께 풀잎들이 내는 향긋한 냄새가 코끝을 자극한다. 그 순간 나는 비가 주는 선물을 온몸으로 느낄 수 있다. 해맑은 날에는 맡을 수 없었던 젖은 풀잎의 향기가 오감을 자극한다. 후각의 기억으로 과거의 추억을 떠올리기도 하고 미래에 대한 희망을 품기도 한다. 빗소리는 나의 마음을 정화하고 새로운 영감을 불어넣어 준다.

비 오는 날 산책길의 생각에는 날개가 있어 날아다닐 수 있어 좋다. 심각하지 않아서 좋다. 생각하고 흩어지기를 반복해서 좋다.

비에 젖은 도시는 평소와는 또 다른 매력을 지닌다. 빗방울에 젖은 건물들은 더욱 고풍스럽게 느껴지고 조명은 빗줄기와 어우러져 아름다운 풍경을 만들어낸다. 빗방울이 굵어지자 투명한 우산 위로 빗소리가 경쾌하게 쏟아진다. 마치 작은 드럼 연주대 위에서 빗방울들이 춤을 추는 듯하다. 촉촉하게 젖은 아스팔트 길을 뒤로하고, 나는 오래된 나무들이 늘어선 흙길로 발걸음을 옮긴다. 나무들은 마치 빗줄기에 몸을 맡긴 채 깊은 명상에 빠진 듯하다. 잎사귀들은 빗방울 무게에 잠시 몸을 숙였다가 다시 고개를 든다. 그 모습이 마치 빗줄기를 맞으며 고개를 끄덕이는 듯하여 절로 미소가 지어진다.

나무 아래를 걸으며 나만의 시간을 갖는다. 복잡했던 머릿속이 차분해지고 마음은 평화로워진다. 빗소리와 함께 걷는 이 순간, 나는 세상의 모든 것으로부터 자유로워진다. 나무 길을 따라 조금 더 걷자 빗소리와 새소리만이 고요한 정적을 깨운다. 눈을 감고 빗소리에 집중해 본다. 마치 자장가를 듣는 것처럼 마음이 편안해진다. 빗소리가 없다면 이 풍경이 허전하게 느껴질 것이다.

나무 길을 따라 걷는 동안 많은 생각을 한다. 오늘 하루 내가 느꼈던 무수히 많았던 감정들을 하나하나 천천히 들여다본다. 우울하고 습한 감정을 빗물에 흘려보내다 보면 마음이 한결 가벼워진다. 감정의 가벼움을 느끼며 무수히 내리는 빗방울을 본다. 내리는 빗방울만큼의 행복을 가질 수는 없어도 희망은 품을 수 있다. 나 자신의 안녕을 바라고 평안을 품는, 비 내리는 날은 행복한 날이 되었다.

마음을 반짝이게 하는

우리 모두는 삶이라는 거대한 바람 앞에서

한낱 작은 존재일 뿐이지만 묵묵히 나아가고 있다.

때로는 삶이란 거센 비바람에 흔들리고

관계 속에 상처도 받지만 다시 일어서서 꿋꿋하게

꽃을 피우고 있다.

선선한 바람이 스쳐 지나가는 길가에 코스모스가 활짝 피워 한들거린다. 옅은 분홍빛 꽃잎, 빨간 꽃잎 안에 노란 수술이 반짝반짝 빛난다. 삶의 소소한 기쁨들을 닮은 듯하다. 흔들리는 꽃잎을 보며 문득 가을이 왔다는 것을 실감한다. 특별한 것 없는 평범한 나날들. 때로는 반복되는 평범한 일상을 잠시 멈추고 싶은 마음이 들기도 한다. 회사로 가는 발걸음을 살며시 늦추어 본다. 순간 어릴 적 불렀던 만화 노래가 생각난다.

카피카피룸룸 카피카피룸룸 카피카피룸룸
일어나요. 바람돌이 모래의 요정.
이리 와서 들어봐요. 우리의 요정.
우주선을 태워줘요. 공주도 되고 싶어요.
어서 빨리 들어줘요. 우리들의 소원.
얘들아 잠깐 소원은 하나씩
하루에 한 가지 바람 돌이 선물
모래 요정 바람돌이 어린이의 친구
카피카피룸룸 카피카피룸룸 이루어져라.

하루에 소원을 한 가지씩 들어주는 바람 돌이 모래의 요정이 지금 내 앞에도 있었으면 하는 생각을 한다. 이루어질 수 없다는 것을 알면서도 작은 소리로 마법을 걸어본다.

카피카피룸룸 카피카피룸룸 이루어져라.

지팡이라도 들고 있는 것처럼 손으로 원을 그려본다. 그러다 혼자 히죽히죽 웃는다. 지나가는 사람들이 힐끔힐끔 쳐다보든 말든 나 혼자 즐거워 웃는다. 이러고 나면 괜스레 힘이 생긴다. 기분이 좋아진다. 그냥 흔한 어렸을 적 만화 노래지만 정말 나에게 좋은 일들이 생길 것 같은 기분이 든다. 평범한 하루의 시작이 반짝이는 순간, 마음 밑바닥이 간질 거리는 순간이다.

우리 모두는 삶이라는 거대한 바람 앞에서 한낱 작은 존재일 뿐이지만 묵묵히 나아가고 있다. 때로는 삶이란 거센 비바람에 흔들리고, 관계 속에 상처도 받지만, 다시 일어서서 꿋꿋하게 꽃을 피우고 있다. 코스모스처럼 화려하지 않지만 나름의 아름다움을 가지고 자신 안에 숨겨진 반짝거림을 찾으려고 노력하고 있다.

남들과 똑같이 매일 찾아오는 하루. 그냥 주어진 대로 살지 유난스럽기는 할 수도 있겠지만 주어진 시간을 허투루 살고 싶지 않다. 살아 있고 싶다. 숨을 쉬고 싶다. 매일 작은 노력을 쌓아 올리며 조금씩 성장하고 싶다. 비록 눈에 보이는 큰 변화는 없을지라도 언젠가 작은 씨앗들이 한들거리는 코스모스 꽃으로 필 수 있도록 내 마음에 물을 주고 거름을 주고 살아 있게 숨을 쉬게 해 주고 싶다.

어쩌면 우리는 모두 코스모스와 같을지도 모른다. 각자의 자리에서 묵묵히 피어나고 흔들리면서 다시 일어서는. 평범한 일상에서도 아름다움을 찾아내고 작은 행복에 감사하며 살아가는 우리는 사람이다. 사람답게 늙어가고 싶다.

가을 바람에 흔들리는 코스모스를 보며 나 자신을 돌아본다. 비록 조금 늦게 가더라도 코스모스처럼 반짝이려 노력하면서 나만의 속도로 생을 관통하고 싶다. 한 번쯤은 제대로 꽃을 피울 수 있다는 것을 믿어 의심치 않는다.

나를 스쳐 가는 수많은 인연이 한순간 일지라도 나로 인해 마법 같은 시간을 선물 받았으면 한다. 한순간의 기억이 비록 짧더라도 따스한 위로로 잠시동안 반짝이길 바란다. 인생이란 찰나의 여정 속에 마법 같은 하루가 스며들길 바란다.

한순간이라도 서로가 서로에게 긍정적인 영향을 주고 선함을 주고 위로를 나눌 수 있다면 그것이야말로 인생의 가장 큰 의미가 아닐까 생각한다. 어느 날 이 세상의 마침표를 찍은 나에게 누군가 "그 사람 덕분에 힘든 시간을 버틸 수 있었어.

짧은 순간, 따스한 봄날이었어."라고 말해준다면 나는 더 바랄 나위 없을 것 같다. "그 사람 덕분에 잠시 마음이 반짝거렸어." 라고 말해준다면 더할 나위 없이 행복할 것이다.

오늘도 나는 다정을 받고 주면서 살고 있다. 누군가에게 잠시나마 위로와 행복을 선물할 수 있는 사람이 되기 위해 노력하면서 말이다. 모두의 마음속에도 마음을 반짝반짝하게 만드는 것들이 가득하길 바란다. 인생의 한순간이라도 모래의 요정 바람 돌이가 함께 하기를 바란다.

카피카피룸룸, 카피카피룸룸
모두 이루어져라.

우리 모두는 삶이라는 거대한 바람 앞에서

한낱 작은 존재일 뿐이지만 묵묵히 나아가고 있다.

때로는 삶이란 거센 비바람에 흔들리고

관계 속에 상처도 받지만

다시 일어서서 꿋꿋하게 꽃을 피우고 있다.

돌아보면 그 모든 시간은
반짝이는 나의 계절이었다.